琦君散文精读

琦君 著

浙江人民出版社

琦君

1 | 3
2 | 4

❶ 琦君结婚照
❷ 琦君生活照
❸ 琦君手稿
❹ 琦君墨宝

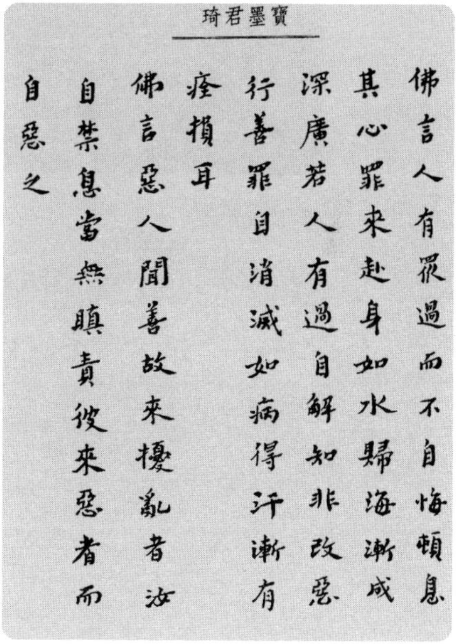

琦君墨寶

佛言人有衆過而不自悔頓息其心罪來赴身如水歸海漸成深廣若人有過自解知非改惡行善罪自消滅如病得汗漸有痊損耳
佛言惡人聞善故來擾亂者汝自禁息當無瞋責彼來惡者而自惡之

晚年琦君

目录

人物

感悟

散文精读·琦君 >>

小品

散文精读·琦君 >>

抒情

散文精读·琦君 >>>

杨 梅

六月，该是故乡早谷登场、杨梅最好的季节了。我乡的茶山杨梅，可以媲美于绍兴的萧山梅，色泽之美，更有过之。一颗颗又圆又大，红紫晶莹像闪光的变色宝石。母亲在大筐子里选出最好的给父亲和我吃，我是恨不得连人都钻进篓子里，把烂的也带核儿吞下去。说起吞核儿，我是经过一番特别训练的。我有个只大我几岁的小叔叔，与我一样的贪吃杨梅。我们要从杨梅上市的第一天青的酸的，吃到下市的最后一天烂的苦的才罢休。可是他的本领比我大得多，他把杨梅搁在嘴里，只用舌头一拌就咽下喉咙了。我问他："核儿呢？"他说："吃杨梅不咽核儿还成啦！那你吃上十斤八斤也不会饱。还有，杨梅核儿才是消毒的，咽下去，可以把肠胃里不清洁的东西，如蜘蛛网、猪毛之类的东西一齐卷出来。所以杨梅不必洗，洗了味儿就淡了，可是要吃不洗的杨梅，就得学会咽核儿。"我听了他的话，有点儿半信半疑。可是为了省去洗的麻烦，借此可以多吃，也就开始学咽核儿了。叔叔说要咽就得在每次吃第一个就咽下去，以后就不困难了。可是我还是学了很久才学会。学会以后就越发地狼吞虎咽起来，吃得肚子鼓鼓的，舌头都起了跟杨梅珠子一样的小泡泡，吃饭喝茶都感到痛。我不愿告诉母亲，还是偷偷地吃。母亲看我那副猴相，笑骂我："这样吃杨梅，给你招个茶山女婿吧！"终于我吃出胃病来了。胃酸涌上来，整天不想吃饭，母亲把杨梅核儿焙成灰，叫我用开水服下去，几次就好多了。母亲正色地告诫我说："小春，你吃东西这样任性，长大了，一个人在外没有妈照顾，病了怎么办？"我常常为母亲的多叮咛感到厌烦，无知的童子，总以为一辈子都会在母亲的爱抚下享受着幸福呢！

农历的六月初旬，是乡间家家户户"尝新"的好日子。"尝新"就是新谷已经收成了，农家得做几样好菜，谢了谷神，请大家来喝杯庆祝的喜酒，吃碗又香又甜的红米饭（新谷是红米）。酒席里最好吃的是四个大盘：一盘茄松（茄子切丝，裹了面粉鸡蛋油炸），一盘蛤子，一盘切得方方正正的西瓜，一盘拿烧酒浸过的杨梅。这四样东西差不多家家都相同。我爱酒又爱杨梅，啜着烧酒杨梅，下以茄松，剥剥蛤子，最后吃鲜甜的西瓜解渴。还有比这更快乐的事吗？所以哪一家请吃"尝新"酒总是我作代表，父亲是懒得出门的，母亲又是这样不吃、那样不尝的，我就乐得单身赴宴，吃得前仰后合地回家。宁可吃坏了肚子，又害母亲操一场心。

我家搬到了杭州，萧山的杨梅也一样鲜甜，样儿是椭圆的，颜色是粉红或白的，看起来远不及故乡的茶山梅漂亮。我因为胃病，已经不能多吃，更不能咽核儿了。母亲仍是在篓子里选出最大最好的几颗留给父亲与我吃。星期天回家，我端了藤桌椅坐在院子里，母亲就把一碟子用盐水洗过的杨梅放在我面前，说："小春，只吃十个，晚饭后再吃十个。"我一面做着代数，一面把杨梅放在嘴里慢慢儿啜着甜汁。令人头痛的代数题，一道也做不出，十个杨梅却在万分不舍得吃的情形下吃光了。母亲笑着端起剩下地说："再吃一个，明天的代数就考个杨梅大的零分。"我也笑着，紫色的杨梅汁滴落在练习簿上。

抗战第二年，我们回到故乡，父亲病了。他患的是肺病与痔疮，这两种病都不宜吃杨梅，可是到了杨梅成熟的季节，他还是想吃，每次只能吃两个。有一次，父亲的朋友从远方来，送了他一对玲珑剔透的水晶小碟子，父亲自是心爱万分。母亲把两个紫透的杨梅放在一只水晶碟子里，另一只碟子摆上几朵茉莉花与一枝芝兰。一清早叫我端去放在父亲的枕边。闻着芝兰的阵阵清香，父亲把杨梅拿在手指尖上，端详半晌说："你母亲爱花，爱水果，可是她从不戴花，也不吃水果，只默默地培养得花儿开了，果子结了。她一生都是那么宁静淡泊！"他眼睛望着壁上母亲与我合摄的照片，好像还有许多话想和我说，却没有说出来。

农历六月初六日，是父亲的生日，头一晚，母亲就吩咐我要早起，在佛堂与祖宗神位前点上香烛（因为父母亲都是信佛的），然后再扶父亲起来拜佛。可是未到天亮，父亲就气喘了，我与庶母都陪着他，母亲仍在楼下张罗。他的气愈来愈急，我摸他的脉搏急促而衰微，额上冒着豆大的汗珠，我知道情势不好，赶紧给他注射平气强心针。父亲的眼睛只是望着我，又看看壁上的照片，我懂得他的意思是要我请母亲赶紧来。我急急跑到楼下，母亲正端了那一对水晶碟子的芝兰与杨梅跨上楼梯，我接过碟子呜咽地说："妈，爸爸要你快上去。"可是母亲还是犹疑不决。因为父亲卧病之初，庶母就请了瞎子算命，排起八字来说母亲的流年与父亲有冲克，两年中必须避不见面。庶母信了瞎子的话，示意母亲不要去看父亲。父亲呢，心中虽有千言万语要与母亲倾吐，怎奈母亲执意以父亲的身体为重，不愿与他见面。于是父亲与母亲之间，都是由我传递心曲。可是现在，一切都将太晚了。我拉着母亲的手，喉头哽咽不能成声。母亲也慌了，三脚两脚赶上楼来。庶母已在旁放声大哭，父亲只以含泪的眼睛看着母亲与我，嘴唇微微动了一下，未能启口即溘然而逝了。母亲掩着嘴忍住了哭，半晌才说："你们都不要大哭，不要扰乱他的精神，跪下来念经，最后的一刻，让他平安地起身吧！"我们都匍匐在地上，是母亲的语音似古寺钟磬，使我于神志昏乱中略微清醒过来。我抬起模糊的泪眼望母亲，她于满脸的悲伤哀戚中，仍透露一股临大变而能勉强镇定的毅力。她将父亲的双手平放在胸前，给他穿上袜子，看时钟正指着九点。小几上摆着那两个水晶碟子，芝兰散布着芬芳，杨梅仍闪着紫红的光彩，此情此景愈加使我泣不可抑。六月初六，父亲的生日，谁又想到竟成他的忌辰呢！

四十九天的斋期中，我每天总不忘在水晶碟子里摆上几瓣鲜花与两颗杨梅，上供于父亲的灵前。而母亲呢？似乎再无心情拣选最熟最紫的杨梅了。

我负笈上海以后，每年夏天杨梅成熟之时，也靠近父亲生日与忌辰六月初六。上海没有好的杨梅，我也不再想吃杨梅。南望故乡，我怀念的是去世的父亲与劳累大半生白发皤然的母亲。

民国三十年初夏，我卒业大学，母亲叫小叔写信告诉我："孩子，早点儿回家吧！回家正赶上杨梅最好的时候。妈又得为你拣一颗颗晶莹的大杨梅了。"我感谢母亲比海更深的爱，也想起了父亲那一对心爱的水晶碟子。

可是那时因战事海岸线封锁，我竟迟迟未能成行。忽然一个晴天霹雳，叔叔来信说母亲旧疾突发，叫我急切回家，迟恐赶不上了。我冒着危险，取道陆路，整整二十一天才赶到家中，赶到时母亲的灵柩已停放在祠堂里了。

年光于哀痛中悠悠逝去，我亦已忧患备尝，儿时那种吃杨梅的任性与欢乐，此生永不会再有了。

喜　宴

我的故乡是离城三十里的一个小村庄——瞿溪。瞿溪风俗淳厚，而对于城里人的礼仪、衣着，却非常羡慕而且极力模仿。在结婚大典中，“坐筵”可说是中心节目，仪式之隆重不亚于城厢，只是排场不及他们豪华就是了。

父亲当年在杭州做过一任“大官”，我又是他的独养女儿。因此地方上不论什么人家办喜事，都要用轿子把这位“潘宅大小姐”请去撑场面。尤其是坐筵，更少不了我。本来，被请作坐筵客的，必须具备一个最重要的条件，那就是姑娘要长得十分标致，年龄在十四五，已经定了亲，在半年内就要“做新妇”的最合标准。而我呢，小时候明明是个塌鼻子、斗鸡眼儿的丑小鸭，年纪还不满十一岁。只因是“官家之女”，这只丑小鸭也就成了坐筵席上的贵宾了。

可是无论如何，坐筵毕竟是我童年生活史上最光荣的一页，如今追述起来，心情之兴奋正不亚于退职官儿们津津乐道他当年煊赫的功名事业呢。

在乡间，我既是人人瞩目的“官家小姐”，母亲平日对我的举止仪容，自是倍加管教，唯恐我有失态之处。我自觉小小年纪，就时常被请作坐筵客，固然是值得骄傲，可是毕恭毕敬地坐在新娘旁边，眼看着热腾腾、香喷喷的菜，端上来又撤下去，既不能放肆地吃，又不能随便退席，实不胜拘束之苦。

更有一件使我苦恼的事，就是每次赴坐筵时总感到自己的衣服远不及其他姑娘的华丽。看她们一个个争奇斗艳，旗袍也好，裙袄也好，总是最时髦的五彩闪花缎（在当年，闪花缎是一种最名贵的缎，就如同玻璃纱是那时夏天里最漂亮的纱）。乌亮的辫子，扎上两寸长嵌银丝的桃红或水绿丝线。有的更是满头珠翠，衣扣缀着小电珠泡，一闪一闪的，看得人眼花缭乱。而我呢？永远是一件紫红铁机缎不镶不滚的旗袍，那是母亲的嫁衣改的。改得又长又大，套在旧棉袍外面（办喜事大部分是冷天），像苍蝇套在豆壳儿里，硬邦邦，稀里晃荡的，看去就是个十足的傻丫头。母亲还得意地说：“铁机缎多坚实，现在的闪花缎哪比得上呢！”我气得直撇嘴。此外，我还有一顶紫红法兰西绒帽，是父亲远远从北平寄回给我的。母亲说：“刚好配一套，再漂亮不过了。”我说法兰西帽应当歪戴。母亲说歪戴帽子不像个大家闺秀，要我端端正正顶在头上。为这顶帽子，我哭过不止一次。可是我头上没有珠翠，不戴帽子光秃秃的更难看了。

我至今都不会忘记那非常“丢脸”的一次。那是我们邻村郭溪第一家富户张宅大小姐出嫁。我被请去陪新娘“辞嫁”(这是姑娘出嫁前一晚，告辞父母家人的一桌筵席，仪式比坐筵轻松，因为新娘是在娘家)。张大小姐是有名的美人儿，打扮成新娘，其美丽自不必说。我穿的仍是那唯一的紫红铁机缎旗袍，戴上那顶令人烦恼的法兰西帽。在艳光照人的新娘旁边，我不免自惭形秽起来，就只是往人缝里躲。此时，大堂上忽然一声高唱：“胡宅二小姐到。”新房里所有的女客都一齐拥到房门口，男宾们更是争先恐后地围向那顶绿呢轿子，我在人缝中定睛一看，轿子里跨出一位小姐。那高贵淡雅的装束，雍容华贵的神情，真使在场所有的女宾都为之黯然失色。我耳中只听得一片赞叹欣羡之声，再回头偷偷照了下穿衣镜，简直寒碜得无地自容了。胡二小姐袅袅婷婷地走进新房，露出玉米似的洁白纤牙，微微地笑着。乌缎似的头发，梳成两个圆髻，各绕上一圈珍珠，额前稀稀疏疏飘着几根刘海，一张瓜子脸儿，嫩白的肌肤和她一身月白软缎绣淡绿牡丹花旗袍相映照，那一派冰晶玉洁，我至今都想不出一个妥当的字眼形容她。

坐筵时，胡二小姐挨着新娘，我被安排在她的下首，那意思就是胡二小姐的地位比我高，她是主宾。这时，我心里已经很不自在，倒不是忌妒胡二小姐，而是觉得自己这一身衣着和一脸的黑皮肤，实在没资格参加这豪华的典礼。我又不时偷眼望胡二小姐襟前扣的一大朵珠花和新娘领子下的钻石别针。我在心里对自己发誓，这一生世再也不陪新娘了。不一会儿，来了一个珠光宝气的妇人，她一手牵一个姑娘，走到我面前，眯起近视眼看着我说："你是胡二小姐的陪伴小姑娘吧？你跟我来，另外专有一席给你们的。"伴嫁连连摇手说："不是不是，她是潘宅大小姐呀！"胡二小姐却低下头抿嘴儿一笑。我真恨透了那一笑，那里面包含了讥讽、得意与轻蔑。我的眼泪几乎掉下来，但我咬着嘴唇忍住了。那时，我的脸一定是青一阵、紫一阵，难看极了。菜一道道地上，我终席不曾举一下筷子。连新娘都忍不住招呼我说："小妹妹，你吃一点儿呀！"我摇摇头，我当时心中只有一个念头，就是："我快点儿死掉吧！"

胡二小姐就在两个月后结婚，胡宅派了三次轿子来接，我死也不去。母亲只好自己去了。胡二小姐嫁到同村王宅。王宅请我坐筵，我也不去。我流着眼泪央求母亲道："妈，您为什么不做件五彩闪花缎旗袍给我，为什么不给我一朵珠花戴呢？"母亲笑笑说："你还小，等你十五岁一定给你。"

幸得没等到十五岁，父亲就从北平回来了。我一五一十向父亲诉了委屈。父亲马上带我进城，在一家最有名的裁缝铺里，给我定做了一件旗袍。白软缎绣上整株的紫红梅花，再配上一双绽红亮片的白缎高跟鞋，这一身富丽的"锦袍"，顿时使我忘记了自己的塌鼻梁和斗鸡眼儿，自以为可以和凤冠霞帔的新娘比美了。

十二岁那年的一次坐筵，给我赢来了无比的光荣。从那以后，在人们心目中，我才真正是一位有“大家风范”的“千金小姐”了。

那是地方上一家大户娶儿媳妇，父亲也被邀请做特等贵宾。我们父女二人的两顶轿子，一前一后往大门长驱直入，好不威风。坐筵时，父亲坐在新娘左首一席，另请四位年高德劭的客人陪他。

我坐在正中一席陪新娘，右首是新郎的父母与长亲。他们为了款待我父亲，那晚这三桌酒席特由八盘五增为八盘八（这是我乡酒席的特点，就是八个冷盘，当中上八道热菜，最后一道是莲子红枣汤，讨早生贵子的彩头）。八个冷盘可说样样精彩。我乡吃酒的惯例是四角的冷盘，都可以分成一份份，给客人包了带回家。那是橘子、未剥开的蛤子、山楂糕、油炸各式点心。这些都是我平日最喜欢吃的东西，可是为了表示自己的教养、派头，那晚我一样也不拿，全送给同桌姑娘的陪妈了(我因随父亲同去，所以不需陪妈)。

我在拿东西给人时，故意把右手中指高高翘起，让人家看到我的翡翠戒指。连新娘都向我投来羡慕的眼光。

我心中真是得意，又远远望一下高踞上座的父亲，他只是衔着烟斗向我微笑，仿佛是说：“现在你该满意了吧，这么时髦的服装，这么贵重的首饰。”我不禁伸手摸摸胸前的大珠花，想起白兰花似的胡二小姐的姿容，心中仍不免埋怨母亲，为何不早点儿把我打扮起来呢！

在坐筵席上，新娘是不能动筷子的，陪新娘的姑娘们也不能多吃，尤其是两三个月后就要做新娘的，更得做出斯文样子，以免婆家亲友见了笑话。我是桌上唯一未曾订婚的小姐，但我也兴奋得吃不下。那晚上，我是满堂宾客注目的对象，主要的当然因为我父亲，还有就是我的衣饰实在太吸引人了。

在新郎新娘拜堂以后，照例要拜谒宾客亲友，主人第一个请的就是我父亲。司仪一声高唱："潘宅大老爷请上座。"我的精神亦为之一抖擞，知道不久就将轮到我了。果然在拜见平辈客人时，我就是第一个被唱名上前的。"潘宅大小姐请。"我就不像其他姑娘的扭扭捏捏，我踏着绽红亮片的高跟鞋，以最雍容大方的步子走上大堂，接受了新人的三鞠躬礼，也回了三鞠躬礼。礼堂上雪亮如白昼的煤气灯光，照耀着我白缎绣紫红梅花长及足背的旗袍，自觉摇曳生姿。管乐声中，我从容地走上去又走下来，两目平视，尽管手心冒着汗，却绝不露一丝慌张之色。我心里想："你们看看我该比旁的姑娘不同吧！"

回到新娘房里，我就听到有人在低声细语："真奇怪，她怎么会变得漂亮起来，皮肤给白缎一映都白了，眼睛好像也不斗了。""究竟是官家小姐，你看她答礼时不慌不忙多大方。"我心里可真乐死了，可不是吗？女大十八变，更何况人靠衣装、佛靠金装呢！

可是尽管我对坐筵产生浓厚的兴趣，母亲却总不赞成父亲给我极力打扮。她认为女孩子家从小养成睥睨一切的虚荣心，长大后只有害了她。所以除了那一身豪华的“礼服”，她就没允许再给我做第二身。

不久，我家搬到了杭州，从此我就没机会再坐筵了。十年后回到故乡，一切都变了，坐筵的典礼也没有了。直到如今，我仍不胜怀念我的白软缎绣梅花旗袍。但我更怀念那件由母亲新嫁衣改做的紫红铁机缎夹袍和那顶法兰西帽子。因为那一套行头正象征我又憨又傻的童年，尤足以纪念我节俭简朴的母亲。

春　酒

农村时代的新年是非常长的，过了元宵灯节，年景尚未完全落幕，还有个家家邀饮春酒的节目，再度引起高潮。在我的感觉里，其气氛之热闹，有时还超过初一至初五的五天新年呢。原因是：新年时，注重在迎神拜佛，小孩子们玩儿不许在大厅上、厨房里，撞来撞去，生怕碰碎碗盏。尤其我是女孩子，蒸糕时，脚都不许搁在灶孔边，吃东西不许随便抓，因为许多都是要先供佛与祖先的。说话尤其要小心，要多讨吉利，因此觉得很受拘束。过了元宵，大人们觉得我们都乖乖的，没闯什么祸，佛堂与神位前的供品换下来的堆得满满一大缸，都分给我们撒开地吃了。尤其是家家户户，轮流地邀喝春酒，我是母亲的代表，总是一马当先，不请自到，肚子吃得鼓鼓的，手里还捧一大包回家。

可是说实在的，我家吃的东西多，连北平寄回来的金丝蜜枣、巧克力糖都吃过，对于花生、桂圆、松糖等等，已经不稀罕了。那么我最喜欢的是什么呢？乃是母亲在冬至那天就泡的八宝酒，到了喝春酒时，就开出来请大家尝尝。“补气、健脾、明目的哟！”母亲总是得意地说。她又转向我说：“但是你呀，就只能舔一指甲缝，小孩子喝多了会流鼻血，太补了。”其实我没等她说完，早已偷偷把手指头伸在杯子里好几回，已经不知舔了多少个指甲缝的八宝酒了。

八宝酒，顾名思义是八样东西泡的酒，那就是黑枣（不知是南枣还是北枣）、荔枝、桂圆、杏仁、陈皮、枸杞子、薏仁米，再加两粒橄榄。要泡一个月，打开来，酒香加药香，恨不得一口气喝它三大杯。母亲给我在小酒杯底里只倒一点点，我端着、闻着，走来走去，有一次一不小心，跨门槛时跌了一跤，杯子捏在手里，酒却全洒在衣襟上了。抱着小花猫时，它直舔，舔完了就呼呼地睡觉，原来我的小花猫也是个酒仙呢！

我喝完春酒回来，母亲总要闻闻我的嘴巴，问我喝了几杯酒，我总是说：“只喝一杯，因为里面没有八宝，不甜甜呀。”母亲听了很高兴，自己请邻居来吃春酒，一定每人给他们斟一杯八宝酒。我呢，就在每个人怀里靠一下，用筷子点一下酒，舔一舔，才过瘾。

春酒以外，我家还有一项特别节目，就是喝会酒。凡是村子里有人需钱急用，要起个会，凑齐十二个人。正月里，会首总要请那十一位喝春酒表示酬谢，地点一定借我家的大花厅。酒席是从城里叫来的，和乡下所谓的八盘五、八盘八不同（就是八个冷盘，当中五道或八道大碗的热菜），城里酒席称之为

“十二碟”（大概是四冷盘、四热炒、四大碗煨炖大菜），是最最讲究的酒席了。所以乡下人如果对人表示感谢的口头话，就是说“我请你吃十二碟”。因此，我每年正月里喝完左邻右舍的春酒，就眼巴巴地盼着大花厅里那桌十二碟的大酒席了。

母亲是从不上会的，但总是很乐意把花厅供给大家请客，可以添点新春喜气。花匠阿标叔也巴结地把煤气灯玻璃罩擦得亮晶晶的，呼呼呼地点燃了，挂在花厅正中，让大家吃酒时发拳吆喝，格外兴高采烈。我呢，一定有份坐在会首旁边，得吃得喝。这时，母亲就会捧一瓶她自己泡的八宝酒给大家尝尝助兴。

席散时，会首给每个人分一条印花手帕，母亲和我也各有一条，我就等于有了两条，开心得要命。大家喝了甜美的八宝酒，都问母亲里面泡的是什么宝贝，母亲得意地说了一遍又一遍，高兴得两颊红红的，跟喝过酒似的。其实母亲是滴酒不沾唇的。

不仅是酒，母亲终年勤勤快快地，做这做那，做出新鲜别致的东西，总是分给别人吃，自己都很少吃的。人家问她每种材料要放多少，她总是笑眯眯地说：“差不多就是了，我也没有一定分量的。”但她还是一样一样仔细地告诉别人。可见她做什么事，都有个尺度在心中的。她常常说：“鞋差分、衣差寸，分分寸寸要留神。”

今年，我也如法炮制，泡了八宝酒，用以供祖后，倒一杯给儿子，告诉他是“分岁酒”，喝下去又长大一岁了。他挑剔地说：“你用的是美国货的葡萄酒，不是你小时候家乡自己酿的酒呀。”

一句话提醒了我，究竟不是道地家乡味啊。可是叫我到哪儿去找真正的家醅呢？

毛　衣

天冷了，我从箱子里又翻出那件藏青色毛衣，看看扣子已经掉了两粒，扣眼也豁裂了好几个。我把手指头套在破窟窿里，转来转去，想穿根线缝一下却打不起兴致，这件毛衣实在太旧，式样也太老了——又长又大地挂在身上，看去年纪都要老上10岁。想拆了却又万分舍不得，因为这是26年前，我给母亲织的，母亲只穿过一年就去世了。20多年来，我一直珍惜地保藏着这件毛衣，每年都穿着它过冬。为了它，我不知多少次背了老古董的名字。看看百货商店里挂着那么多的新式毛衣，也曾几次想买，而且还在店里试穿过，对着镜子前后左右地照，可是一想起还有这件藏青毛衣，就觉得不该再买新的了。

记起从前母亲常说的话："要节省啊！要记得你读这几年书不容易，心思放在学问上，不要把时间金钱浪费在不必要的东西上，妈是把你当个男孩子看的哟。"这几句话一直记在我心里，母亲已经不在了，我更不忍心不听她的教诲。

况且手头也确是没有余钱，所以还是决心不买，而且往后连眼睛也不再往橱窗里多望了。可是套上这件旧毛衣，对着镜子一照，心里又不免有点矛盾。看，多老气呀！还是把它拆了织个新样子吧。即使母亲在世，也不见得会不赞成吧。这是道地蜜蜂牌细毛线呢！现在买起来可不便宜，不好好利用它不可惜了吗！

说起蜜蜂牌细毛线，我不由得想起那一年去上海读书，母亲送我上船时说的话："小春，天太冷了，你戴孝又不能穿丝绵背心，到上海就买一磅蜜蜂牌细毛线——要真正蜜蜂牌的，这个牌子的毛线最软和。花几个钱，请人给你织一件毛衣穿在里面就暖和了。"母亲说话时紧紧捏着我冻得冰冷的手，可是我觉得母亲的手也不暖，被风吹得干枯的手背上隆起了青筋。那天母亲的脸显得特别苍白清瘦，也许是灰布罩袍和发边那朵白花的缘故吧！我心里想：母亲不该瘦得这么多，老得这样快啊！我眼圈儿一红，赶紧举手摸摸头发，把白绒花摘下来重新又别上去。母亲的眼光呆呆地看着我，舱门外来来往往的送行人和乘客，谁也没有注意这一对穿灰布袍子戴白绒花的母女。父亲去世才两个月，为了继续学业，不得不在兵荒马乱之时，远离母亲去人地生疏的上海读书。如果交通突然受阻的话，一年半载之内，还不知是否能回来探望母亲呢！

我的泪水终于扑簌簌地滚落下来。母亲也只是用手帕擦着眼睛，却低声劝慰我说："不要哭，出门要好好儿的，到了马上写信来。”母亲没说太多的话，只是帮我打开铺盖，把枕头拍得松松的，“你晕船要睡得高一点。”又把被子叠成一个小小的被筒，让我睡在里面裹得紧紧的。在家里，天气寒冷时，我每晚上床，都得由母亲这里那里地给我按紧被子，脚底下还压上一条毛毯。到了上海，我总觉得自己所叠的床被赶不上母亲那样的熨帖。

现在想想，我当时何必非要到上海去读书呢？母亲逐年衰弱的身体，她的心脏病，她的劳累和忧伤，都已告诉我，她可能随时会发生意外，我真不该离开她太远太久。可是，不知道为什么，当时我会把别离看得那么轻易，以致把母女相依的最后两年宝贵时光，都等闲误却了。

我捧着毛衣，把脸埋在里面，毛衣暖烘烘地似尚留有母亲身体的余温，我用手轻轻地揉弄着它，想起自己是怎么把它织起来的。记得那年到了上海，就请同学陪同在大新公司地下室买廉价毛线。蜜蜂牌要10块钱一磅，太贵了，同学介绍我一种6块钱一磅的三羊牌也很好。还记得招牌纸上印的两只小羊，偎在母羊的身边，是那么的逗人喜欢，我就买了一磅墨绿的。也没有找人，自己抽空织了。刚起一个头就想起母亲在船上送行时那只冰冷的手，我马上又改变主意，织成两件背心，母女一人一件，一磅绒线就刚好。可是给母亲的一件，足足从第一年冬天织到第二年的端午节前才完工——这样慢工又不能出细活的毛病，我自己想来就好笑。寒假里，我把毛背心带回家，双手捧给母亲说："妈，我们一人一件，三羊牌的毛线也不错，您穿穿看合适不？"母亲仔细地端详了一番说："倒是织得挺好，只是你何必给我织呢？我又不怕冷，也穿不惯这种打头上钻的新式样子。"母亲不喜欢套头的式样，我心里真失望。想把它拆了重织成对襟的，母亲却又把它收起来了。过阴历年，母亲天天蒸糕做饼的忙个不停，我也就没再提起毛衣的事。到我去上海的那一天早上，起床时，却见一件墨绿色的长袖套头毛衣熨得平平地放在被头上，我诧异地拿在手里，母亲却走过来笑着说："我把你给我的背心拆了，赶着两个通宵，把你的接上两支袖子，免得你两只胳膊冷。还剩下一支多线，你带回上海再织一双毛袜穿吧！"我心里明明是感激母亲对我无微不至的体贴，嘴里却偏偏使性地说："您为什么要拆掉那件背心呢？您不喜欢，我知道。我也不要穿，背心接出的袖子，绷得胳膊不舒服。"这话该是伤了母亲的心的，可是母亲只是唠叨地说："穿穿看，好歹对付一个冬，明年你有兴致就自己拆了重织。"

"拆来拆去，把绒线都拆坏了。"不知为什么我越说越止不住掉眼泪，母亲把我搂在怀里，摸着我的脸轻声地问："你怎么了，这么大人了，还是这个样儿。"

"妈，您太疼我，我心里难过。"我只说了这一句，就索性呜呜咽咽地哭起来了……

那是我最后一次伏在母亲怀里哭，最后一次由母亲给我梳好头发，别好白绒花，从那一次别离以后，我就没有再见到母亲了。

回到上海，我马上买了一磅道地的蜜蜂牌藏青毛线，一半是由于感激，一半是由于好胜地想给母亲一个惊奇，我开了几个夜车，一口气就织起一件前面钉扣子套在袄子外面的毛衣，赶着邮寄回家。这是我生平第一次这样快完成的一样工作。据姨妈告诉我，母亲收到毛衣真是兴奋。她穿在身上摸着、照着，让所有的亲戚朋友看她女儿的杰作。可是她并没有穿多少次，她舍不得穿，下厨房怕上灰，晒太阳怕掉色，只有早晚才套一下。难怪那时姨妈把毛衣交给我时，看看还是崭新的，这些年来，倒是我自己把它穿旧了。我没有了母亲，只保留了这件纪念品。以后每年冬天，我总穿着它，母亲的爱，好像仍旧围绕着我，我不能不怨姨妈和叔叔为什么不把母亲病危的消息告诉我。他们说那是母亲的意思，她不让我在毕业考试的时候分心。况且那时交通阻隔，单身女孩子绕路回家太危险了。她不愿她唯一的女儿冒这样大的险。可是她心里是多么想我回家见最后的一面，她朝着女儿的毕业照片，含着眼泪："若不是打仗，她考完就好回来了。"

记得我那时伏在母亲的灵前，痴痴呆呆地听姨妈说了许许多多母亲临终前的情形。我没有怎么哭，只是在想着两年前寒假回家匆匆度过二十几天的情景。我从未丝毫预感到那是我在母亲身边最后的二十多天。母亲那么忙，我不曾陪她说说话，或是替她做做事甚至倒一杯茶。寒冷的夜晚，我吃完饭老早钻进被窝，双脚伸过去，一个暖烘烘的热水袋已经给放好了，我满意地捧起小说，看一阵子就呼呼睡去了。在梦里我没有知觉到母亲一双冻僵的手在为一家忙来忙去，更没知觉到最后两个夜，母亲在为我赶织毛衣袖子。现在什么都已经来不及了，母亲丢下她忙不完的事，咽下了她吩咐不完的话去了。我抬头望着母亲的照片，母亲在对我微笑着。一对烛光在灵前摇晃着，香烟袅袅上升，棺木盖了一条红绸幛，原来母亲的灵柩已经移放在橘园一角的小祠堂里，看守橘园忠心耿耿的老头儿就住在后面，老头儿说："太太爱这座橘园，就让她在这儿，我也好早晚打扫上香。"

之后，我天天徘徊在这橘园里，橘子大了，我和老头儿摘下最大最红的供母亲，那一对红红的蜡烛照着红红的橘子，还有渐呈灰旧的棺木，然而仍旧刺目的大红绸幛，却衬得那间屋子红得寂寞而荒凉，使我直到现在看到大红的颜色，都会有一种不愉快的感觉。

我想着想着，昏昏沉沉地几乎入了梦境，不知什么时候，我已经躺在床上，枕头上又湿透了一大片泪水了。我爬起来了，觉得背脊冷飕飕的，就把毛衣穿在身上，从镜子里面模模糊糊地仿佛望见自己七八年前在山城里穿着这件毛衣，给学生们上课的神态。那是一个隆冬的早晨，西北风卷着大朵的雪花。我套上毛衣，撑着一把沉甸甸的大伞，腋下夹着书，迎着扑面的风雪，困难地走过长长一段山路去上课。我紧紧地抓着毛衣的前襟，可是毛衣在大风雪中显得如此的单薄，母亲也似离我更远。雪花飘在脸颊上，凉冰冰，我感觉到睫毛上凝着水珠，却匀不出手去抹它。“让学生看见我眼睛鼻子红红的多不好，我得做出像个经得起风雪的样子哩！”我想。

走近课室，隔着雾气迷漫的玻璃窗，我似乎看见每一张脸都在冲着我望，我不由得一阵羞惭，连忙收起伞，挺直了腰肢走进课室。“对不起，我迟到了几分钟，下雪，路太滑不好走。”我抱歉地解释着，那个班长就站起来说道；“您再不来，我们就要来看您了。因为我们想您也许又受凉了。”我感激地向她点点头，心里却越加抱歉自己时常因病缺课。我是太容易感冒发烧了。在简陋的山城里，发起烧来就只有喝姜茶蒙着被子闷汗，这还是母亲在我幼年时给我治病的老法子。可是那时候有母亲，什么都不必害怕。想着这些，站在讲台上讲书真有点恍恍惚惚心不在焉的样子。我拉了下毛衣，毛衣被风雪飘得潮潮的，显得特别长大，额前的短发也不时掉下来，我觉得自己的样子一定狼狈极了。下课铃一响，就赶紧回到宿舍，丢下书，躺在床上哭了。

“我那时为什么那么爱哭呢？”我对着镜子自问，“现在，我就不会这么脆弱多感了。”我这样对自己说，因为这多年来，我经历的忧患多了，不会再为人们一句话、一个眼色而引起连绵不断的感触了。

还记得后来在另一个县立中学教书，寂寞的秋夜，矮墙下虫鸣唧唧，夜风吹着窗外的芭蕉，也吹卷起窗帘。在电力不足的昏黄灯光下，赶着批改学生的作业。我非常爱惜这份辛劳和宁静，有时眼皮困倦思睡，就站起来在屋里踱几圈，泡一盏清茶提提神，再继续工作。我身上就披着这件毛衣。我打开学生的日记，发现有一页写着："我们的语文老师，年轻轻地，却穿着一件藏青大毛衣，真像是我们一位慈爱的小保姆。"看到这里，我笑了。

这一件毛衣是母亲留给我唯一的纪念品。我穿起一根绒线，慢慢儿缝着破了的扣子眼。忽然想起用紫红绒线，沿着边缀上一道细花。这样不但别致，而且可以使它焕然一新，我就这样兴冲冲地做起绒花来了。

桂花雨

中秋节前后，就是故乡的桂花季节。一提到桂花，那股子香味就仿佛闻到了。桂花有两种，月月开的称木樨，花朵较细小，呈淡黄色，台湾好像也有，我曾在走过人家围墙外时闻到这股香味，一闻到就会引起乡愁。另一种称金桂，只有秋天才开，花朵较大，呈金黄色。我家的大宅院中，前后两大片广场，沿着围墙，种的全是金桂。唯有正屋大厅前的庭院中，种着两株木樨、两株绣球。还有父亲书房的廊檐下，是几盆茶花与木樨相间。

小时候，我对无论什么花都不懂得欣赏。尽管父亲指指点点地告诉我，这是凌霄花，这是叮咚花，这是木碧花……我除了记些名称外，最喜欢的还是桂花。桂花树不像梅花那么有姿态，笨笨拙拙的，不开花时，只是满树茂密的叶子，开花季节也得仔细地从绿叶丛里找细花，它不与繁花斗艳。可是桂花的香气味真是迷人。迷人的原因，是它不但可以闻，还可以吃。“吃花”在诗人看来是多么俗气，但我宁可俗，就是爱桂花。

桂花，真叫我魂牵梦萦。

故乡是近海县份，八月正是台风季节。母亲称之为“风水忌”。桂花一开放，母亲就开始担心了：“可别做风水啊！”（就是台风来的意思。）她担心的第一是将收成的稻谷，第二就是将收成的桂花。桂花也像桃梅李果，也有收成呢。母亲每天都要在前后院子走一遭，嘴里念着：“只要不做风水，我可以收几大箩。送一斗给胡宅老爷爷，一斗给毛宅二婶婆，他们两家糕饼做得多。”原来桂花是糕饼的香料。桂花开得最茂盛时，不说香闻十里，至少前后左右十几家邻居没有不浸在桂花香里的。桂花成熟时，就应当“摇”，摇下来的桂花，朵朵完整、新鲜，如任它开过谢落在泥土里，尤其是被风雨吹落，那就湿漉漉的，香味差太多了。“摇桂花”对于我是件大事，所以老是盯着母亲问：“妈，怎么还不摇桂花嘛？”母亲说：“还早呢，没开足，摇不下来的。”可是母亲一看天空阴云密布，云脚长毛，就知道要“做风水”了，赶紧吩咐长工提前“摇桂花”，这下，我可乐了。帮着在桂花树下铺篾簟，帮着抱桂花树使劲地摇，桂花纷纷落下来，落得我们满头满身，我就喊：“啊！真像下雨，好香的雨啊！”母亲洗净双手，撮一撮桂花放在水晶盘中，送到佛堂供佛。父亲点上檀香，炉烟袅袅，两种香混合在一起，佛堂就像神仙世界。于是父亲诗兴发了，即时口占一绝：“细细香风淡淡烟，竞收桂子庆丰年。儿童解得摇花乐，花雨缤纷入梦甜。”诗虽不见得高明，但在我心目中，父亲确实是才高八斗、出口成诗呢。

桂花摇落以后，全家动员，拣去小枝小叶，铺开在簟子里，晒上好几天太阳，晒干了，收在铁罐子里，和在茶叶中泡茶，做桂花卤，过年时做糕饼。全年，整个村庄，都沉浸在桂花香中。

念中学时到了杭州，杭州有一处名胜满觉陇，一座小小山坞，全是桂花，花开时那才是香闻十里。我们秋季远足，一定去满觉陇赏桂花。“赏花”是借口，主要的是饱餐“桂花栗子羹”。因满觉陇除桂花以外，还有栗子。花季栗子正成熟，软软的新剥栗子，和着西湖白莲藕粉一起煮，面上撒几朵桂花，那股子雅淡清香是无论如何没有字眼形容的。即使不撒桂花也一样清香，因为栗子长在桂花丛中，本身就带有桂花香。

我们边走边摇，桂花飘落如雨，地上不见泥土，铺满桂花，踩在花上软绵绵的，心中有点不忍。这大概就是母亲说的“金沙铺地，西方极乐世界”吧。母亲一生辛劳，无怨无艾，就是因为她心中有一个金沙铺地、玻璃琉璃的西方极乐世界。

我回家时，总捧一大袋桂花回来给母亲。可是母亲常常说：“杭州的桂花再香，还是比不得家乡旧宅院子里的金桂。”

于是我也想起了在故乡童年时代的“摇花乐”，和那阵阵的桂花雨。

月光饼

月光饼也许是我故乡特有的一种月饼，每到中秋，家家户户及各商店，都用红丝带穿了一个比脸盆还大的月光饼，挂在屋檐下。廊前摆上糖果，点起香烛，和天空的一轮明月，相映成趣。月光饼做得很薄，当中夹一层稀少的红糖，面上撒着密密的芝麻。供过月亮以后，拿下来在平底锅里一烤，掰开来吃，真是又香又脆。月光饼面积虽大，分量并不多，所以一个人可以吃一个，我总是首先抢到大半个，坐在门槛上慢慢儿地掰闻嚼，家里亲友们送来的月饼很多，每个上面都有一张五彩画纸，印的是“嫦娥奔月”“刘备招亲”“西施拜月”等等的图画。旁边还印有说明。我把这些五彩画纸抽下来，要大人们给我讲上面的故事。几年的收藏积蓄，我有了一大沓。长大以后，我还舍不得丢掉，时常拿出来看看，还把它钉成一本，留作纪念。

我有一个比我只大两岁的表姑，她时常在我家度中秋节，她也喜欢吃月光饼。有一次，她拿了三张五彩画纸要跟我换一个饼，我要她五张，她不肯。两个人就吵起来。她的脸很大很扁，面颊上还长了不少雀斑。我指着她的脸说："你还吃月光饼！再吃，脸长得更大更扁，雀斑就跟饼上的芝麻那么多了。"这句话真伤了她的心，就掩面哭泣起来。把一叠画纸撕成片片地扔掉，我也把月光饼扔在地上，用脚一踩，踩得粉碎。心里不免又心疼又后悔，也就"哇"的一声哭起来，母亲走来狠狠地训我一顿，又捧了个刚烤好的月光饼给表姑，表姑抹去眼泪，看看饼，抬眼望着母亲问道："表嫂，您说我脸上的雀斑长大以后会好吗？"母亲抚着她的肩说："你放心吧！女大十八变，变张观音面。你越长大，雀斑就越隐下去了。"母亲又笑笑说，"你多拜拜月亮菩萨，保佑你长得美丽。月光饼供过月亮，吃了也会使你长漂亮的。"表姑半信半疑地摸着月光饼面上的芝麻，和我两个人呆愣愣地对望了好一会儿，她忽然掰下半个饼递给我说："我们分吧！我跟你要好。"我看看地上撕碎了的画纸与踩烂的饼屑，感谢万分地接过饼，跟表姑手牵手悄悄地去后院里，恭恭敬敬地向天上的月亮拜三拜，我们都希望自己长大了有一张观音面。

表姑长大以后，脸上的雀斑不但没有隐去，反而更多了。可是婚后夫妻极为恩爱，她生的两个女儿，都出落得玫瑰花儿似的。我们见面时谈起幼年抢吃月光饼和拜月亮的事情，她笑笑说：

"月亮菩萨还是听我的祷告的。我自己脸上的雀斑虽然是越来越多，而她却保佑我有一对美丽的女孩子。”

台湾是产糖的地方，各种馅儿的月饼，做得比大陆上的更腻口，想起家乡的月光饼，那又香又脆的味儿好像还在嘴边呢！

中秋节，一年又一年的，来了又过去，什么时候回家乡去吃月光饼呢？

水是故乡甜

此次经欧洲来美，一路上喝得最多的是矿泉水。因为其他各种五颜六色的饮料，价钱既贵又不解渴。只有矿泉水，喝起来清清淡淡中略带苦涩，倒似乎别有滋味。欧洲人都喜欢喝矿泉水，据说对健康有益。尤其是意大利的矿泉水是出名的。看他们一个个红光满面，体魄壮健，是否矿泉水之功呢？

旅馆卧房小冰箱里，也摆有矿泉水，以便旅客随时取饮，价钱就不便宜了。我灵机一动，从行囊中取出钢精杯、锡兰红茶，和一把电匙；插上电，将矿泉水倾入杯中煮开，冲一杯锡兰红茶来喝，香香热热的，可说是旅途中最悠闲舒适的享受了。

外子说矿泉水其实就是山泉，如果泡的是冻顶乌龙，那就更有味道了。我一向不懂得品茶，在旅途疲劳中，能有一杯自己现泡的热红茶，已觉如仙品般的清香隽永了。

他啜着茶，就想起故乡四川的山泉来。那种山泉，随处都有，行路之人渴了就俯身双手从溪涧中捧起来喝个足，哪里像现在文明时代，一瓶瓶装起来卖钱呢！俗语说得好，“人穷志不穷，家穷水不穷”。这话我最听得进。因为我故乡家中的水就有三种，河水、井水、山水。山水是长工每天清早去溪边一桶桶挑来，倾在大水池中备饮食之用，洗涤多用河水。母亲为了长工挑水辛苦，叫聪明灵巧的小帮工，用一根根长竹竿，连接起来，从最靠近屋子的山边，引来极细小的一缕清泉，从厨房窗外把竹竿伸入，滴在一只小缸中。这才是涓涓滴滴的源头活水，一天接不了多少。母亲只舀来做供佛的净水，然后泡茶给父亲喝。“喝这样清的山水，又是供过佛的，保佑你长生不老。”母亲总是这么说的。那时泡的茶叶，除了家乡的明前茶、雨前茶之外，还有从杭州带回的龙井。父亲品着茶，常常说：“龙井茶，一定要虎跑水来泡才香、才道地。”母亲不以为然地说：“是哪里生长的人，就该喝哪里的水。要知道，水是故乡的甜哟。”母亲还说：“孩子们多喝点家乡的水，底子厚了，以后出门在外，才会承受得住异乡的水土。”

事实上，母亲也是非常爱喝虎跑水泡的龙井茶的。不过她居住杭州的时日不多，平时又很少外出，我们出去游玩，她常捧个大玻璃瓶给我说：“舀点虎跑水回来。”我马上接一句：“供佛后喝了长命百岁。”母亲高兴地笑了。

现在想起来，虎跑水才是真正的矿泉水。那时曾做过试验，装一碗满满的水，把铜元一个个慢慢丢进去，丢到十个铜元，碗口水面涨得圆鼓鼓的，水都不会溢出来。因为它含的矿物质多，比重很大。所以喝虎跑水一定是有益健康的。

父亲旅居杭州日久，非常喜欢喝虎跑水烹龙井茶，但喝着喝着，却又念念不忘故乡的明前、雨前茶和清冽的山泉。他也思念邻县雁荡山的茶、龙湫的水，真是“人情同于怀土兮，岂穷达而异心”。父亲晚年避乱返故乡，又得饮自己屋子后山直接引来的源头活水，原该是心满意足的，但他居魏阙而思江河，倒又怀念起杭州的龙井茶与虎跑水来。实在是因为当时第二故乡的杭州正陷于日寇之故吧。

我们这回在欧洲，一路饮着异乡异土的矿泉水。行旅匆匆，连心情都变得麻木了。到了德国的不来梅，特地去探望数十年未晤面的亲戚。他兴奋地取出最上品的龙井茶款待我们，问他是台湾产品吗？他说是真正从杭州带出来的茶叶，是一位亲人离开大陆时带给他以慰他多年乡愁的。我本来不辨茶味，但那一盏龙井的清香，却是永远难忘。我们说起欧洲人喜欢喝矿泉水，他笑笑说，台湾阿里山、日月潭、苏澳的冷泉，不就是最好的天然矿泉水吗？

他这话，倒使我想起，早期台湾有一种小小玻璃瓶装的“弹珠汽水”。瓶口有一粒弹珠，用力一压，弹珠落下去，汽水就喷出来。味道淡淡的，不像后来的汽水那么甜得不解渴。我因为爱“弹珠汽水”这个名称，以及开瓶时把弹珠一压的那点儿情趣，所以很喜欢买来喝，他常笑我犯幼稚病。后来时代进步了，黑松汽水和各种饮料充斥市面，哪还找得到“弹珠汽水”的影儿呢？但我脑海中总时常盘旋着弹珠汽水瓶那副短短脖子的笨拙样子。尤其是早年在苏澳游玩时，喝的那一瓶。

台湾这许多年来，制茶技术越来越精进，无论是清茶、香片、龙井等，都是名闻遐迩，尤其是南投溪头的冻顶乌龙，更是无与伦比。旅居海外多年的侨胞，总不忘源自台湾带出来各种名茶，自饮之外，更以分飨友好。尽管用以沏茶的水不是从故乡来的，但只要是故乡的茶叶，喝起来也会有一股淡淡的甜味吧。

有一次我们在友人家，她细心地问我们要喝哪一种茶，香片、龙井、乌龙都有，她是什么茶都喜欢。我想了半天，却问她：“你有没有矿泉水？”她大笑说：“你怎么这么特别？大家都喝热茶，你要喝什么矿泉水。”我只好说因为胃酸过多，不相宜喝茶。其实我是想起了在欧洲时喝的矿泉水，多少还有点故乡山泉的味道，不知美国的矿泉水是不是差不多的。而且我也想试试自己，能不能像母亲当年说的，喝过本乡本土的水，有了深厚的底子，就能承受异乡的水土了。

美国人爱喝各种果汁，大概是减肥或特别注意健康的人才喝矿泉水吧？但不知超级市场那样大瓶大瓶的矿泉水，究竟是人工的还是天然的。如果是天然的，却又取自何处深山溪涧呢？实在令人怀疑。

说实在的，即使是真正天然矿泉水，饮啜起来，在感觉上，在心情上，比起大陆故乡的水，和安居了三十多年第二故乡台湾的水，能一样的清冽甘美吗？

灯景旧情怀

春节已近尾声，而几天来，清晨与傍晚，左右前后噼噼啪啪的鞭炮声，仍然此起彼落的，不绝于耳。新年的气氛还是这般浓厚。我望着长桌上一对红蜡烛。那是“分岁烛”，也是“风水烛”，大除夕祭祖时点过两个钟头。按当年母亲的规矩，五天新年中每晚都得点燃一下。点过正月初五，才谨慎小心地用金纸包了收在抽屉里，十五元宵节再取出来点，嘴里还念念有词地说：“风水烛，风水足哪！”可是如今年兴已淡的我，竟一直忘了再点。前儿忽然停电，才又把它们再点起来。红红的光影，顿时照得心头温暖生春。那么索性等点过元宵灯节再收起来吧。

故乡的新年，从十二月廿三送灶神开始，一直要热闹到十五，滚过龙灯，吃过汤团，才算落幕。这样长的年景，对我这个只想逃学，不肯背“诗云”“子曰”的顽皮童子来说，实在是太棒太棒了。每回地方上举行什么大典，或是左邻右舍办喜事，我就会蹦得半高地喊：“我真‘爽险爽’，我‘爽’得都要爆裂开来了！”“爽”是我家乡话“快乐”的意思，“爽险爽”就是“快乐得不得了”啦。过新年是大典中的大典，我怎么能不“爽得爆裂开来”呢？

择日“解冬”（送冬祭祖），大部分在十二月廿七八深夜。我是女孩子，没有资格在那样的大典中拜祖宗，而且早已困得东倒西歪，抱着小猫咪趴在灶下的柴堆里睡着了。可是大年夜的“点喜灯”工作，却是我的专利。吃完晚饭以后，阿荣伯就把山薯平均地切成一块块，把香梗也平均地折成一段段，插在上面。再打开一大包细细的红蜡烛，叫我帮忙，一根根套在香梗上，装在大竹篮里，由我拎着。他一手提灯笼，一手牵我到各处点喜灯。前后院的大树下，大门的门神脚旁边、走廊里、谷仓门前、厨房水缸边……统统都点了摆好。整个大宅院都红红亮亮、喜气洋洋起来。可惜蜡烛太小，风又太大，等我们兜一圈儿回来，有的蜡烛已经点完了。阿荣伯又打开一包来补上。这样补到东边又补到西边，我就说：“好累啊！站起蹲下的，头都晕了。”阿荣伯用红灯笼照照我的脸，摇摇头说：“吃了分岁酒，拿了压岁包儿，才做这么点事就累啦？不行，做什么事都要有头有尾。”

我在红红的烛光里，看见阿荣伯的鬓边有好多白发，我捧住他的手膀关心地说：“阿荣伯，你也长大一岁了。”他笑笑说：“我不是长大一岁，我是老了一岁。你才是长大一岁。”我说：“长大有什么好？长大了就会老，老了就会长白头发。”阿荣伯连忙阻止我说：“过年过节的，不要说这种话。等下子在你妈妈面前尤其不能这样讲。”我做出很懂事的样子说：“我不会讲的。我知道妈妈也老了一岁了。”阿荣伯叹息似的说：“大人总是要老的，只要小的长大，一代一代接下去就好了。”我听得心里酸酸的，回到厨房里，看见母亲正取下头上的银针剔菜油灯，剔得高高亮亮的。阿荣伯说：“太太，再加三根灯芯，五子登科呀。”母亲笑眯眯地说：“两根也一样好。两根是一双嘛。”我知道母亲舍不得菜油，向阿荣伯做个鬼脸，跑过去指着灯花大声地说：“一双就是文武占魁二状元啊。”母亲高兴地问：“你是哪儿学来的？”我得意地说：“阿荣伯教我的，是‘花会传’里的句子呀。”（“花会”是农村的一种赌博，包含三十二个人名，押对了人名就赢钱。）我逗得妈妈高兴，又捧了阿荣伯，不由得又快乐起来，刚才那种愁老的心事早已丢开了。

点喜灯的有趣节目以后，五天新年当然是没头没脑的玩乐，然后眼巴巴盼望初七、八的迎灯庙戏。我故乡瞿溪分“上下河乡”，各有一座庙，称为上、下殿。上殿坐的是颜真卿，下殿坐的是弟弟颜杲卿。其实他们不是兄弟，只因都是奋勇锄奸的大忠臣，就把他们算成兄弟了。哥哥坐了上殿，觉得上河乡地理形势比下河乡好，心里很过意不去，就说定每年正月初七先去下殿拜弟弟的年，初八弟弟再到上殿回拜哥哥。所以乡里有句话说：“瞿溪没情理，阿哥拜阿弟。”其实他们才算是手足情深，礼让得很呢。

“迎灯”就是“迎佛”，迎着上下殿佛相互拜年，也是庆祝丰年、鼓舞升平的意思。父亲对于迎灯是非常重视的。他认为大除夕祭拜祖先，是子孙们对先人慎终追远的孝思。典礼要隆重肃穆，祭品要简洁精致，却不是讲究排场。迎灯是一年之首，地方全体百姓，对神祇的佑护表示感谢，典礼不但隆重，还要愈热闹愈有排场愈好。所以大户人家都是慷慨捐款，出钱又出力，把迎灯庙会办得体面非凡。

初七一大早，母亲就提高嗓门喊：“阿标叔，晚上的风烛都买好了吗？百子炮（鞭炮）都齐全了吗？要越多越好啊！”母亲平时说话低声细气，一到过年，嗓门儿就大了。尤其是那个“好”字，尾音拉得长长的，表示样样都好。阿标叔也提高嗓门回答：“都齐全啰，丰足得很啰！”

阿标叔是我家的老工友，是父亲部队里退下来的。他和种田的长工身份不太一样，总是显出很有肚才的样子，常常出口成文，说话成语很多。他告诉我“风烛”就是“丰足”的意思。他掌管的是父亲心爱的花木，以及家中所有的洋油灯和大厅里那盏威风八面的煤气灯。至于菜油灯和蜡烛灯，那就是阿荣伯的事了。他和阿荣伯很要好，不过他觉得阿荣伯脑筋没有他新式，文明的灯不会照顾。他每天早上戴起父亲送他的银丝边老花眼镜，镜框滑行到鼻尖子上，用软软的棉布蘸了洋油，抿起嘴唇擦玻璃灯罩，对着太阳光照了又照，要擦得晶亮才算数，神情是非常专注的。阿荣伯笑他说："你看他咬紧牙根，给煤气灯打气时的神气，好像谁走上前去都会一拳打过来似的。"阿标叔认真地说："煤气灯够不够亮，全在打气的功夫上。还有中间那个'胆'，又脆又软，除了我谁也碰不得。"

跟大除夕一样，初七晚上，他老早就把煤气灯点上了。呼呼呼的声音，听起来气派硬是不一样。（瞿溪全村所有大户人家，除了我们潘宅，是很少点煤气灯的。所以潘宅的煤气灯很有名，阿标也跟着它有名。有什么人家办喜事要多用几盏煤气灯，阿标就自告奋勇提了煤气灯去帮忙。）

阿标叔仔细地把好几尺长的风烛，用硬纸在捏出的芦苇柄上包成一个斗形，免得蜡油滴下来烫到手。风烛的队伍是愈长愈好，所以家家都有壮丁参加，背大灯笼，举风烛，提火把，还有沿路的"弹红"（即一堆堆的柴火烧得旺旺的）。各家的路祭，几丈长的鞭炮，丝竹悠扬，锣鼓喧天，那热烈的气氛，把新年带上了最高潮。

我家前门深藏在一条长长的幽径里，后门临着大路，所以迎灯队是从后门经过的。我连晚饭都没心吃，老早就站在矮墙头上等。远远看见灯笼火把像一条火蛇似的从稻田中游来，我就合掌朝着那方向拜。队伍渐渐近了，高大的开路先锋摇晃着双臂过去后，就是乐队、香案、马盗，菩萨的銮驾在最后，晴天就坐明銮，可让大家一睹风采。马盗是七匹马为一队，村里的青少年画了脸谱，穿了短打武生的装束，威风凛凛地骑在马上，左顾右盼，好不令人羡慕。马盗有时一队，有时两队，愈多表示地方上愈富足，也有点和其他村庄比赛的意思。当时有瞿溪、郭溪、云溪三个紧邻的村庄，“三条溪”的迎灯盛会比赛是有名的。

迎灯队一过去，我和小朋友们马上就赶到上殿去看戏。这时前面的三出已演过，开始上正本了。阿标叔说：“内行人看正本，外行人老早坐着等。”三出也好，正本也好，我都不懂，我赶的是“爽得爆裂开来”的热闹。

初八是下殿佛迎到上殿来回拜，看前面三出戏。所以我又老早赶到庙里，看菩萨兄弟行见面礼。他们相对一鞠躬，相对坐在大殿上，春风满面的样子。崭新的头盔，崭新的蟒袍，金光闪闪，好不威风。我被阿荣伯扶着站在长凳上，一会儿望戏台上演的戏，一会儿望两位菩萨兄弟，脖子都摇酸了。三出戏演完，下殿佛銮驾起身告别，上殿佛送到大门口，鞭炮震天价响起。大家都说，“菩萨好灵啊，百子炮蹦落在他膝盖上，蟒袍都不会烧起来。”我们一群孩子都紧紧跟在上殿佛銮驾边上。我的手偷偷地摸摸他的蟒袍，也摸摸他放在椅靠上的手，再抬头看看他的慈眉善目，想起老师曾教我临颜真卿的字，忽然觉得菩萨原来就是人变的，好像很接近似的。

下殿佛回銮以后，高潮已过，我就没心思再看戏了。阿荣伯一向最爱看有情有义、有头有尾的正本戏。如果外公已经来我家，这个时候，他就会来接我回去。他起先总喜欢在家里跟阿标叔下棋，讲《三国演义》，所以我又想回家听他们讲。

最最盛大的迎灯庙戏已经结束，只剩下十五元宵节最后一场热闹场面了。十五一过，我又得关回屋子里读书了。于是我反倒希望灯节慢点到，越慢越好。

灯节还是转眼就到了。长工们忙着打扫前院，准备祭品迎龙。大龙要在我们家大院子里滚。所有的孩子们都会提着各种各样的灯来看热闹。我嚷着要从城里买来的漂亮灯，跟小朋友们比一比。母亲说："家里前前后后全是灯，还不够多的？"她就是舍不得花钱买。阿标叔又戴起老花眼镜，给我糊一盏在地上慢慢爬，不像兔子也不像狗的，不知什么灯。四只脚是用洋线团木心子做的。红纸不透明，哪有城里那种五光十色透明玻璃纸的灯好看呢？外公老是吹自己会糊各种各样的灯——关刀灯、轮船灯、莲花灯……可是事实上，他只会给我糊直统统的鼓子灯。他说年轻时行，现在手发抖，糊不起来了。我做出很喜欢的样子说鼓子灯最好，不小心烧个大窟窿，马上可以再用红纸补上。外公笑呵呵地说："鼓子笔直通到底，表示正直，无忧无虑。"外公对什么东西都会说出一番道理来。

十五晚上，前院早已摆好祭桌，几丈长的百子炮高高挑起，人潮一波一波地涌来。我把鼓子灯挂在树上，在人丛里挤来挤去找小朋友玩。可是一听锣鼓响起，鞭炮齐鸣，我又躲到大人身后面，从人缝里看大龙。大龙昂着头，瞪着一双大眼睛，张牙舞爪地来了。我有点害怕。主祭者念完一段词儿，锣鼓又响起，大龙就开始滚舞了。每个舞龙者手举一段龙身，穿花似的美妙滚舞。他们平时都是普普通通的农夫，但这时都变成了龙的一部分，那样神奇的契合，看得我目瞪口呆，心里总是在盼望着，“再多舞一下、再多舞一下”。可是还有好几处有祭典，大龙终于摇头摆尾从大门出去了。人潮也随着散去，最后的热闹高潮也结束了。

我呆呆地站在地上，外公取下鼓子灯递给我说：“快回到厨房帮你妈妈搓汤团，在汤团里许个心愿。”

“许个什么心愿呢？”我茫茫然地问。

“你想想看。”

“我也不知道。我只想天天像过年这样的热闹，外公不要回山里去，爸爸也不要常常出远门。大家都在一起，还有阿荣伯、阿标叔都要统统在一起。”

外公笑了下说：“那容易，只要你用功把书念好。”

“这跟念书有什么关系呢？”我不大明白。

“只要是读书人，无论是男是女，长大后都会有一番事业，有了事业，你就可以接了大家相守在一起，不是天天跟这过年一样的热闹吗？”

我还是想不大通。走进厨房，看母亲已经搓好一大木盘的汤团准备要下了。我在她耳边轻声地说："妈妈，代我许个心愿，随便你怎么说。"母亲笑笑，没有作声，只把菜油灯芯剔得高高亮亮的。又在碗橱抽屉里取出那对红蜡烛，就着菜油灯点着了，套在灶上的两个烛台里。"风水烛，一年到头都顺风顺水。"她喃喃地说。

吃汤团的时候，我问："妈妈，您刚才许了什么心愿呢？"母亲笑嘻嘻地说："我不用许什么心愿了。一家团团圆圆的，已经再好没有了。外公，您说是吗？"

外公摸着白胡须连连点头。

外面的鞭炮声又响起来。我擦根火柴，把长桌上的一对风水烛点燃，给屋子里添点温暖和喜气。可是家里人口简单，儿子已远行在外。外子只顾看书报，默不作声，我总觉得有点冷清清的，索性披上大衣，出去看看街景。在街角上看到好多可爱的花灯，我一口气买了四盏，一盏狗灯和一盏鱼灯送好友菱子的一对小外孙，也过过做奶奶的瘾。剩下的两盏，我把它们高高挂起。圆圆的那盏，就想象是外公给我的鼓子灯，希望它照得我无忧无虑。另外一盏嘛，算是代早已成人、远在海外的儿子买的，默祝他客中平安快乐。但不知他在异乡异土，还记不记得幼年时，由妈妈陪着他在巷子里和小朋友们提灯的情景。

悠悠岁月，虽然逝去，也不必惆怅感怀。阿荣伯说得对，大人们总是要老去的，只要小辈长大，能一代一代接下去就好。

我没有搓汤团，也不必许什么心愿了。

粽子里的乡愁

异乡客地，愈是没有年节的气氛，愈是怀念旧时代的年节情景。

端阳是个大节，也是母亲大忙特忙、大显身手的好时光。想起她灵活的双手，裹着四角玲珑的粽子，就好像马上闻到那股子粽香了。

母亲包的粽子，种类很多。莲子红枣粽只包少许几个，是专为供佛的素粽。荤的豆沙粽、猪肉粽、火腿粽可以供祖先，供过以后称之为“子孙粽”，吃了将会保佑后代儿孙绵延。包得最多的是红豆粽、白米粽和灰汤粽。一家人享受以外，还要布施乞丐。母亲总是大量地为乞丐准备一批，美其名曰“富贵粽”。

我最最喜欢吃的是灰汤粽。那是用早稻草烧成灰，铺在白布上，拿开水一冲，滴下的热汤呈深褐色，内含大量的碱。把包好的白米粽浸泡灰汤中一段时间（大约一夜晚吧），提出来煮熟，就是浅咖啡色带碱味的灰汤粽。那股子特别的清香，是其他粽子所不及的。我一口气可以吃两个，因为灰汤粽不但不碍胃，反而有帮助消化之功。过节时若吃得过饱，母亲就用灰汤粽焙成灰，叫我用开水送服，胃就舒服了。完全是自然食物的自然治疗法。母亲常说我是在灰汤粽里长大的。几十年来，一想起灰汤粽的香味，就神往童年与故乡的快乐时光。但在今天到哪里去找早稻草烧出灰来冲灰汤呢？

端午节那天，乞丐一早就来讨粽子，真个是门庭若市。我帮着长工阿荣提着富贵粽，一个个地分，忙得不亦乐乎。乞丐常高声地喊："太太，高升点（意谓多给点）。明里去了暗里来，积福积德，保佑你大富大贵啊！"母亲总是从厨房里出来，连声说："大家有福，大家有福。"

乞丐去后，我问母亲："他们讨饭吃，有什么福呢？"母亲正色道："不要这样讲。谁能保证一生一世享福？谁又能保证下一世有福还是没福？福是要靠自己修的。时时刻刻要存好心、要惜福最要紧。他们做乞丐的，并不是一个个都是好吃懒做的，有的是一时做错了事，败了家业；有的是上一代没积福，害了他们。你看那些孩子，跟着爹娘日晒夜露地讨饭，他们做错了什么，有什么罪过呢？"

母亲的话，在我心头重重地敲了一下。因而每回看到乞丐们背上背的婴儿，小脑袋晃来晃去，在太阳里晒着，雨里淋着，心里就有说不出的难过。当我把粽子递给小乞丐时，他们伸出黑漆漆的双手接过去，嘴里说着："谢谢你啊！"眼睛睁得大大的，看着我一身的新衣服。他们有许多都和我差不多年纪，差不多高矮。我就会想，他们为什么当乞丐，我为什么住这样的大房子，有好东西吃，有书读？想想妈妈说的，谁能保证一生一世享福，心里就害怕起来。

有一回，一个小女孩悄声对我说："再给我一个粽子吧。我阿婆有病走不动，我带回去给她吃。"我连忙给她一个大大的灰汤粽。她又说："灰汤粽是咬食的（帮助消化），我们没有什么肉吃呀！"我听了很难过，就去厨房里拿一个肉粽给她，她没有等我，已经走得很远了。我追上去把粽子给她。我说："你有阿婆，我没有阿婆了。"她看了我半晌说："我也没有阿婆，是我后娘叫我这样说的。"我吃惊地问："你后娘？"她说："是啊！她常常打我，用手指甲掐我，你看我手上脚上都有紫印。"

听了她的话，我眼泪马上流出来了，我再也不嫌她脏，拉着她的手说："你不要讨饭了，我求妈妈收留你，你帮我们做事，我们一同玩，我教你认字。"她静静地看着我，摇摇头说："我没这个福分。"

她甩开我的手，很快地跑了。

我回来呆呆地想了好久，告诉母亲。母亲也呆呆地想了好久，叹口气说："我也不知道要怎样做才周全，世上苦命的人太多了。"

日月飞逝，那个讨粽子的小女孩，她一脸悲苦的神情，她一双吃惊的眼睛和她坚决地快跑而逝的背影，时常浮现在我脑海。她小小年纪，是真的认命，还是更喜欢过乞讨的流浪生活？如果她仍在人间的话，也已是年逾七旬的老妪了。人世茫茫，她究竟活得怎样，活在哪里呢？

每年的端午节来临时，我很少吃粽子，更无从吃到清香的灰汤粽。母亲细致的手艺和琐琐屑屑的事，都只能在不尽的怀念中追寻了。

我的第一本书

1949年夏，渡海来台之初，一时尚未获工作，休闲中细读日报副刊和妇女家庭版，对各家文章不胜欣羡，但并未动投稿之念。那时故友孙多慈大姐任教师大，由她介绍拜识了苏雪林和谢冰莹二位前辈，她们都极力鼓励我写文章。于是我试投一篇到中副，不久竟被刊出。第一次看到自己的笔名变成铅字，方方正正地出现在副刊正中显著的位置，那种兴奋喜悦，一定是所有头次投稿者可以体会得到的。我马上又试投一篇到妇女与家庭版，也很快被刊出，不由得信心大增，就陆陆续续地写下去。一年后，由于孙如陵、武月卿二位主编先生以文会友的召饮，认识了为两刊写稿的同文诸友。一见如故之下，心情也随之豁然开朗，离乡背井的浓愁也因之驱散不少。

工作时，公余最大快乐是温旧课、阅读报刊和写作，但写的都是散文。有一次，主编《明天》月刊的杜蘅之先生建议我何妨试写小说。我一时兴起，写了篇一万多字的小说《姊夫》，却不知该投向何处，就寄给陈纪滢和赵友培二位先生指正，恰值穆中南先生创办《文坛》月刊，陈先生就将该文介绍给《文坛》。那时我正因胃病住院，陈、赵二位先生特地带了《文坛》创刊号来看我，说了许多赞美的话。看到自己的第一篇小说，在一份杂志的创刊号，以第一篇地位刊出，当时我确实感到受宠若惊，病也像霍然而愈了。不久海音特地陪刘枋来看我，殷切地约我为《文坛》写小说，我又一连再写了两篇。南部的《中华日报》副刊主编徐慰忱先生也来函约稿，我一下子觉得自己如此被"重视"起来，真是既兴奋又惶恐。却时时惕励自己，千万不可为侥幸的小成而沾沾自喜，而粗制滥造。我总是宁可欠稿而不草草交卷。这也是我自始至今不变的原则。

调职以后，得识当时的《新生报》主笔"稚老闲话"的作者张文伯先生，他于公余为友人筹划创办《国风》月刊，揽我当助理编辑，我以学习的心情答应下来，可是因稿费不高，稿源缺乏，只好自己埋头苦写来填充空白。那期间，一连写了四篇小说。有一天，张先生问我是否愿将两年多来的散文小说合在一起，借《国风》名义，自费出本集子，作为起步。我感到很惶惑，一来我不相信自己的书会有人买，二来这笔费用负担不起，发行更成问题。张先生却说台北监狱印刷工厂成本低廉，纸张就向杂志社匀购几令白报纸，所费不多。外子也极力鼓励我出一本试试看，也给自己留个纪念。于是我就将廿多篇散文和七篇小说合为一集，以其中一篇小说《琴心》为书名，战战兢兢地付排了。第二步想到的是封面问题，谁肯为我设计呢？我和琰如谈起，她那时是《畅流》编辑，热心地一口答应替我请人。三四天后，名画家梁云坡先生翩然来到我办公室，说已看了琰如写给他的《琴心》大样，非常喜欢，很乐意为我设计。这是又一次使我受宠若惊。不几天，一张高雅而含有深意的封面寄来。他告诉我是由《琴心》一篇得的灵感，他自己相当满意。画的是一台钢琴，一只手提琴。主色是黑和深褐，间以浅灰和紫红。看去似图案又似现代画，我全外行不懂，却只觉得万分喜爱。于是这本浅陋的散文小说合集，就此披上一件精美高雅的衣衫，和世人见面了。

外子既大胆鼓励我出书，就不得不利用公余像小贩似的骑着自行车，载着书到衡阳街重庆南路各书店挨家寄售，那时出版物不多，书店老板忽然看到一本漂亮封面的新书，也都接受了。不知是哪来的运气，居然销得不错，频频通知添书。偏偏我们因没有自信也没有钱，只一口气印了五千本就把版拆去，没打纸型。两年以后，存书告罄，这本初版书也就成了绝版书了。

再度使我受宠若惊的是，居然佳评不断出现，作者大部分都是不认识的（我那时认识的文友实在很有限），有一位自称“药炉主人”的在《文坛》写新书评介，对我指正颇多，非常感激，但至今也不知她究竟是谁，穆中南先生始终也没有告诉过我。

集中最后一篇小说《梅花的踪迹》，是为张漱菡主编的《海燕集》而写。我是在看了西片《珍妮的画像》归来后引起的灵感。有一天，遇见诗人方思，他第一句就说：“你那篇小说很空灵，有点像《珍妮的画像》。”我好高兴，但自惭偷来的灵感，毕竟逃不出诗人敏锐的慧眼。

不久，我收到远自印度寄来署名糜文开的一封信，说托友人在台湾买到一本《琴心》，寄给在英伦修博士学位的爱女糜榴丽看。她非常喜爱集中这篇《梅花的踪迹》，遂将它译为英文，寄到印度，刊登在一份报纸的副刊上。糜先生并将英文剪报寄来，这真是又一次地使我受宠若惊，因为这是我的作品第一次被译成英文，而且出自一位文学准博士的笔下。这对我来说，确实是莫大的鼓舞，也使我往后更审慎下笔，以报读者们的厚爱。

特别值得一提的是，我们那时生活极为简朴，寄住在司法大楼底层一间湫隘潮湿，由浴室改造的小房间里，我们美其名曰“水晶宫”。《琴心》出版后不久，公家就配给我杭州南路的新建宿舍，一厅、一卧室、一厨房，还有大片空地可以莳花种菜饲养小动物，我们真感到“一步登天”，有如神仙中人。就把卖《琴心》赚来的一点点钱，加盖一间竹屋作为厨房，将原来的小厨房改作写作室。俯仰其间，似乎文思无限，也心感这第一本书给我们带来了好运。

我们倒是一直没有想到重印《琴心》。手边的书没有了，只好向以前赠送过的朋友处要回一两本，不久又被借得下落不明。几年前，云坡丹丰贤伉俪忽然将我签名赠送他们的《琴心》一册寄回，说因知道我已没有书了，愿将此书奉还，但要撕下他自己为我设计的封面，留作纪念。他们贤伉俪真是解人，使我心感万分，外子赶紧为赤膊的《琴心》加上一张厚纸封面。

这本初版本即成绝版的第一本书，也就是我的海内孤本。莫说敝帚自珍，若拿它覆瓿，还真舍不得呢！

何时归看浙江潮

我的母校之江大学位于杭州最幽美的风景区，钱塘江边，六和塔畔，秦望山麓，占全世界风景最佳四大学的第二位，是美国教会在中国最早创办的一座学府。当我第一次爬上松荫夹道的斜坡，再跨过一片翠碧的草坪，仰首见巍巍大堂正中金色的“慎思堂”三字，即不由肃然起敬。想到自己今后将研读于斯，衷心自不胜喜幸。

离母校屈指已二十年，而母校灿烂的光辉，轩昂的气宇，却时时在照耀我、指引我，使我更怀念苦心培育我的老师们。我仿佛又回到钱塘江边，受那万顷波涛的洗礼，顿觉有一股浩气，充沛于胸臆之间。钱塘江这一条千变万化的江水，我爱之胜于西子湖。我每于升旗早操后循着幽径，一口气跑到江边，凝眸远眺，清晨江上雾气未散。水、天、云、树，于迷蒙中隐约不可分。晨曦自红霞中透出，把薄雾染成了粉红色的轻纱，笼着江面。粼粼的江水，柔和得像纱帐里孩子梦中带笑的脸，一天的希望与欢乐都开始了，我一直要望到阳光照得我的脸与身子由暖烘烘而发热，才跑回宿舍去吃早餐。

傍晚，我尤喜散步江滨。潮退时，就坐在滩头，看赶筑钱江大桥的轮渡，忙碌地载运着沙石与桥墩。偌大的工程，眼看它逐日完成，年轻人的心，有着无限兴奋与新奇之感。想起幼年时读地理，听老师讲钱塘江的故事，说第一个潮头是伍子胥，第二个潮头是文种。我伫立桥心，望着滔滔江水，亦不免有“前不见古人，后不见来者”的苍茫之感。

我印象最深的是那一座庄严的礼拜堂，幽静肃穆，墙上爬满深绿的藤萝。我虽到现在仍非教徒，可是那铿锵的钟声，似仍微微震荡着我的心弦。那时，常是清晨的钟声催我起床；夜晚，从图书馆倦读归来，钟声驱散了我一天的疲乏。直到现在，我都没有忘记与钱塘江波涛相和的钟声。不知钱塘江潮水是否因愤怒而更加澎湃，而母校的自由钟声，是不是还能再鸣呢？

秦望山上四季的野花芳草，给我编织了不少美丽的梦。春日的杜鹃，深秋的红叶，于夕阳映照中，其美丽有胜于西子湖堤三月的桃花。我们常在课余上山采集花草，乐趣盎然。记得有一次上生物课，马区教授看我们要打瞌睡，忽然放下粉笔说：“走，我们爬山去。”于是我们都莫名其妙地跟着他跑上山。他叫我们看见什么花儿草儿，只要是美丽的、喜欢的就采，采回来，压好了做标本。“对植物有兴趣的记上种类科目，喜欢艺术的就任意排成各色图案，题上我们得意的诗句。”马区教授真是一位风趣且懂得调剂学生身心的好老师。他说得一口道地的杭州土话，我问他：“马老师，您来中国多少年了？”他拍拍我肩头说：“比你还早好多年。”因为那时他来中国已经将近三十年了。

我果然把许多鲜花红叶，排成图案，订成一册，这本富于纪念价值的小册子，我离校后一直随身携带。偶尔翻开看看，娇姿丽质，虽已翠减红消，可是回首少年时，依旧情景历历。所遗憾的是这本册子没有带来台湾。

距学校三里外的“九溪十八涧”，是脍炙人口的名胜区。一条平坦的石板路，直通幽远的溪流。这是夏老师最喜欢去的处所。他时常带我们这几个“得意门生”到九溪茶亭闲坐。一盏清茶、一碟花生米与几块五香豆腐干，就可消磨尽日。我们赤足在潺潺的溪水中捡石子，夏老师依栏闲吟，诗成后传诵一时。

故乡、母校，都在遥远的那一边，追忆欢乐的学生生活，尤引人无限乡愁。但不知哪一天可以再登秦望山头，听松风鸟语，看江水长流，使名山胜迹，重放秀气灵光，则母校弦歌，又可再起了。

四十年来的写作

四十年来，我一直兢兢业业地没有放下笔，一来是由于写作是一份旨趣，放弃了会感到空虚。二来则是希望写作鞭策自己日新又新，至少使心灵与思维保持敏感清新。所以写作与读书是我的终生寄托，在这方面的锲而不舍，只是历程而不是成果。我无论怎样忙乱或心情欠佳时，一投入写作，烦忧就会丢诸九霄云外。虽然文章里有喜有悲，那是忘我的悲喜，是超越于尘缘之外的悲喜，即使流泪也是快乐的。

我的作品，从构思到完成，过程是相当辛苦的。对自己来说，也是一种快乐的煎熬。也许有人认为写散文不比写小说，小说要安排故事，穿插情节，描绘人物，呈现主题。散文则是直抒胸臆，正如胡适之先生说的“我手写我口”。但文章究竟不同于口语，不能不下一番修饰功夫。古语说：“言而不文，行之不远。”我们读古今名家散文，无不字字珠玑。我是念文学的，也爱诗词。在一篇稿子写完以后，总要来回读好几遍，检讨上下文语气是否贯穿，全文前后是否呼应，是否有矛盾。

遇有句中声音太接近的字或重复的字，总要尽量修改，尽量做到“文从字顺”。我不喜欢玩文字游戏，或故作惊人之笔。认为“平易”并不是“平淡”“平庸”，要写到平易，才是功夫。

写作是快乐的煎熬，也是苦乐参半。当一篇稿子写到一半，突然思路不通，卡住了，那真是懊丧万分。只好废笔而起，外出散步或做家务、手工，整个把它忘掉，回头来再提笔。如仍继续不下去，就把稿子撕去，相信人人都有此经验。我不是天才，很少能有一气呵成的文章，总是涂涂改改，抄了再抄。尽管再抄的字迹仍一样不成形不成体，而文章却渐渐成形成体了，到此时，心头的快乐无比。

童年时代虽读过古书，但都是有口无心的背诵。直到高中大学以后，经几位恩师指点，才真正体会其中奥妙。尤其是《左传》《史记》中的许多篇章，读一遍有一遍的领悟，觉得现代学者的许多文学理论，种种的主义等等，都包含在我国古典巨著之中了。此二书对散文小说之创作，可取法之处不胜枚举。至于历代大家诗词，选若干篇自己所喜爱的，时时默念背诵，则有陶冶性灵，拓展胸襟之功。于哀伤忧患中使我振奋，引导我走上人生正路。默诵诗词真有如信徒们的祈祷一般。

奥尔科特的《小妇人》一系列三本小说，我一直爱不释手。这是我中学英文课本，老师讲解时对于我们的为文为人，启发至多，至理名言，念念在心。三书的英文平易而美妙，写平凡的家庭亲子之情，安贫乐道的高洁情操，一片厚道朴质的气氛，洋溢全书。故事的穿插，人物的描绘，亦极为自然生动。作者于无技巧中见技巧，功力实不逊于其他许多名著。《小男儿》则是极好的儿童文学，老少咸宜。我喜爱这三部书远胜于《咆哮山庄》与《傲慢与偏见》。我是不研究西洋文学理论的人，读小说只凭一己的爱好与直觉而欣赏，《约翰·克利斯朵夫》写主人翁在“善与恶”“成功与失败”“享乐与苦难”之间的颠簸挣扎，深刻万分。细读一部好的名著小说，获益岂止在写作技巧上的领悟而已。

我在司法界工作达廿六年之久，有一度曾任刑庭记录书记官之职。面对社会的丑恶面，对人情世事与人性也更多一层认识。幸运的是获得一二位仁慈老法官的指点诲谕，又忆起先父母与恩师慈悲为怀的教诲，愈加希望能以文学的力量，转社会的戾气为祥和，转人世的烦恼为菩提。所以廿六年的漫长岁月，不但没有消磨我的志气，反给我更多的历练。我访问了监狱里的受刑人，有许多受刑人还和我通信倾谈悔过自新的心情，使我编写教化教材，更具信心。我深感监狱受刑人教化教育工作，比正常的学校教育，要付出更多的耐心与爱心。我也曾以法官与受刑人的题材，写过几篇短篇小说，也是一份“哀矜勿喜”的深刻体验。

我最爱的书是《左传》《楚辞》《史记》，杜甫、白居易诗，苏东坡、辛弃疾词，王阳明的《传习录》。小说最爱《红楼梦》《聊斋》，西洋小说最爱《约翰·克利斯朵夫》《简·爱》《黑奴吁天录》《小妇人》《好妻子》《小男儿》《红字》《块肉余生记》(即《大卫·科波菲尔》）等。

我没有写过多少部儿童文学作品，《卖牛记》《老鞋匠与狗》是我的即兴之作。此外还有《琦君寄小读者》(即《鞋子告状》一书)、《琦君说童年》。我不谈儿童文学的写作技巧。只是写出使儿童们会受感动的两个真实故事。没有幻想与虚构，没有渲染。此外大多写儿时生活的回忆，小读者们都很喜欢。我写作时，就回到儿时的心情，实实在在地写出当时的情景，因此现在的孩子们与老年人（当时的孩子）都喜欢看。我在写的时候，自己当年那个傻傻的样子就在眼前，所以并不觉得是在写回忆，只觉得自己又变成孩子了。如今虽已年逾七旬，但从不去想自己的年龄，可说是真正的“忘年”，只想到自己还有好多书要读，好多文章想写。遗憾的是时间不够，而且看过的书，查过的英文生字，转身即忘。因此奉劝年轻朋友，千万爱惜光阴，趁年轻记忆强时多读书多吸收，在成长中慢慢消化。培养辨识力、思考力，知道如何取舍。所谓的“智慧”，我认为并非天生而是培养的。天赋予我们都是同样的脑筋，看你是否肯运用，肯思考，否则脑筋就长锈了。

青年人喜欢新奇是好事，但一味追逐新奇，模仿新奇，而不凭自己深切的感受而写，纵然可以取宠于一时，也不是永久的。我国古典文学宝藏无穷，可以由浅入深，慢慢地读，慢慢地培植起深厚根基，然后或同时涉猎西方名著与文学理论。对中西文学之异同，心中自有尺度，就不至一味“崇”洋，或一味“泥”古了。朋友们都说我的散文中人物有小说的味道，但仅仅有“味道”是不够的。小说必须着意安排，强调，虚构，穿插，而我记忆中的人物实在太鲜活，太真实，我不忍心着意描绘，生怕他（她）愠怒而远离了我。还有些我想起来就不愉快的、曾给我极大痛苦的人物，我又没有一支凶狠的笔，一颗报复的心去写他（她）们。因为恩师与先母对我说过：“时时要有佛家怜悯心肠，不要着一分憎恨。”由于这种矛盾心理，我笔下也产生不出反派角色，因此我永远只能写温厚善良人物。

但近年来，我时时有想写小说的意念。我想起《小妇人》里除了马叔婆有点古怪脾气以外，不都是善良到极点的人物吗？而且到了“看山又是山”的今日，正该调转笔来，于散文之外，再写点小说以自娱了。我在写第一篇小说《姐夫》，被《文坛》创刊号以第一篇刊出时，就曾对自己许下心愿，我要写篇长长的好小说，悠悠几十年飞逝而去，这篇小说在哪里呢？我对自己又如何交代呢？岁月不居，不知道上天留给我的还有几年？我真的还能写吗？而那个时代的人性，那些人物的悲欢离合，和彼此之间的倾轧，他们的爱与恨，不写出来，岂不都将被我埋没了吗？

再尝试写小说，固然是另一种挑战，我又怕注定会失败。因为愈看新秀的作品，我愈迷茫，小说究竟应当怎样落笔。我终于想起恩师的教诲："任何文章都可以读，都可以写，但求不失却自我。"那么还是照着自我既定的方针，写自己熟悉的人物，不要去关心什么主义或理论了。

中国古典诗词，蕴藏至丰，多读、多体会，自可以引发兴趣。不一定懂得技法与音韵平仄，只要于朗诵时心中有一分意境和美的感受就有益了。现代诗我虽不懂，但现代诗人多半于旧诗词有深厚素养。新诗想象之丰，比拟之鲜活，遣词练句之精，多读可有助于散文之凝练。我喜欢将西洋名著翻译与原文对照起来细读。这并不是偷懒，而是可以体会译者对原著领悟之深刻，和他翻译时一字不苟之苦心。因而对两种不同语文在思想感情上之精妙表达方式，有了贯通，于其中可获得无穷乐趣。这也是一种进修英文与练习写作的方法。

我始终认为，创作上一个最重要的字就是"诚"。"诚"就是真挚的感情，正确的思想。古语也说"修辞立其诚，不诚无物"。没有真切的感受，只是在文字上玩技巧，终落得空疏无内容。秉一个"诚"字而写，便是至情至性的好文章。

其实写什么内容都无关系，只要是自己的深切感受。一花一木，一粒沙子中都可见大千世界。只要不是为文造情，只要不写梦呓似的叫人看了如堕五里雾中的文句。能寓情于事，寓理于情的，都是有可读性的好文章。

至于缅怀旧事之作，必须要对现实人生有所启迪，不能一味怀旧，否则那真变成“今之古人”，一点时代意识都没有的陈腐人物了。

三更有梦书当枕

——我的读书回忆

我五岁正式由家庭教师教我“读书”——认方块字。起先一天认五个，觉得很容易。后来加到十个、十五个，越来越多，也越来越快。而且老师故意把字颠三倒四地让我认，认错了就打手心。我才知道读书原来是这么苦的一回事，就时常装病逃学，母亲说老师性子很急，想一下把我教成个才女，我知道以后一定受不了，不由得想逃到后山庵堂里当尼姑。母亲笑着告诉我尼姑也要认字念经的，而且吃得很苦，还要上山砍柴，我只好忍着眼泪再认下去。不久又开始学描红。老师说：“你好好地描，我给你买故事书。”故事书有什么用？我又看不懂，我也不想看，因为读书是这么苦的事。

最疼我的老长工阿荣伯会画“毛笔画”，就是拿我用门牙咬扁了的描红笔，在黄标纸上画各色各样的人物。最精彩的一次是画了个戏台上的武生，背上八面旗子飘舞着，怀里抱个小孩，他说是“赵子龙救阿斗”，从香烟洋片上描下来的。他翻过洋片，背面密密麻麻的字，阿荣伯点着一个字一个字地念，有的字我已经认识，他念错了，我给他改正，有的我也不认识。不管怎样，阿荣伯总讲得有头有尾。他说："小春，快认字吧，认得多了就会读这些故事了，这里面有趣得很呢！你认识了再来教我。"

为了要当他的老师，也为了能看懂故事，我对认字发生了兴趣。我也开始收集香烟洋片。那时的香烟种类有大英牌、大联珠、大长城等等。每种包装里都有一张彩色洋片。各自印的不同的故事：《封神榜》《三国演义》《西游记》《二十四孝》都有。而且编了号，但要收齐一套是很难的。一位大我十岁左右的堂叔，读书方面是天才，还写得一手好魏碑。老师却就是气他不学好，不用功。他喜欢偷酒喝、偷烟抽，尤其喜欢偷吃母亲晒的鸭肫肝。因此我喊他肫肝叔。他讲"三国"讲得真好听，又会唱京戏，讲着讲着就唱起来，边唱边做，刘备就是刘备，张飞就是张飞。连阿荣伯都心甘情愿偷偷从储藏室里打酒给他喝。我就从父亲那儿偷加力克香烟给他抽。他有洋片都给我。我的洋片愈积愈多，故事愈听愈多，字也愈认愈多了。在老师面前，哪怕他把方块字颠来倒去，我都能确确实实地认得。老师称赞我"天分"很高，提前开始教"书"，他买来一本有插图的儿童故事书，第一天教的是司马光的故事，司马光急中生智，用大石头打碎水缸，救出将要淹死的小朋友。图画上一个孩子的头伸出在破缸外面，还有水奔流出来。司马光张手竖眉像个英雄，那印象至今记得。很快的，我把全本故事书看完了，仍旧很多字不认识，句子也都是文言，不过可以猜。不久，老师又要教诗："一去二三里，烟村四五家，亭台六七座，八九十枝花。"诗原来还可以数数呢。后来肫肝叔又教我一首："一片两片三四片，五片六片七八片。九片十片无数片，飞入梅花都不见。"似乎说是苏老泉作的，我也不知道苏老泉是谁，肫肝叔说苏老泉年岁很大才开始用功读书，后来成为大文豪，所以读书用不着读得太早，读得太早了反而变成死脑筋，以后就读不通了。他说老师就是一辈子读不通的死脑筋，只配当私塾老师。他说这话时刚巧老师走进来，一个栗子敲在他头顶上，我又怕又好笑，就装出毕恭毕敬的用功样子。可是肫肝叔的话对我影响很深，我后来读书总读不进去，总等着像苏老泉似的，忽然开窍的那一天。

八岁开始读四书，《论语》每节背，《孟子》只选其中几段来背。老师先讲孟子幼年故事，使我对孟子先有点好感，但孟子长大以后，讲了那么多大道理我仍然不懂。肫肝叔真是天才，没看他读书，他却全会背。老师不在时，他解说给我听："孟子见了梁惠王，惠王问他你咳嗽呀?（王曰叟）你老远跑来，是因为鲤鱼骨卡住啦?（亦将有以利吾国乎? 故乡土音"吾""鱼"同音。）孟子说不是的，我是想喝杯二仁汤（亦有仁义而已矣）。"他大声地讲，我大声地笑，这一段很快就会背了。老师还教了一篇《泰坦尼克邮船遇险记》。他讲邮船撞上冰山将要沉没了，船长从从容容地指挥老弱先上救生艇，等所有乘客安全离去时，船长和船员已不及逃生，船渐渐下沉，那时全船灯火通明，天上繁星点点，船长带领大家高唱赞美诗，歌声荡漾在辽阔的海空中。老师讲完就用他特有的声调朗诵给我听，念到最后两句："慈爱之神乎，吾将临汝矣。"老师的声调变得苍凉而低沉，所以这两句句子我牢牢记得，遇到自己有什么事好像很伤心的时候，就也用苍凉的声音，低低地念起："慈爱之神乎，吾将临汝矣。"的确有一种登彼岸的感觉。总之，我还是非常感激老师的，他实在讲得很好，由这篇文章，使我对文言文及古文慢慢发生了兴趣，后来他又讲了一个老卖艺人和猴子的故事给我听，命我用文言文写了一篇《义猴记》，写得文情并茂。内容是说一个孤孤单单的老卖艺人，与猴子相依为命。有一天猴子忽然逃走了，躲在树顶上，卖艺人伤心地哭泣着，只是忏悔自己亏待了猴子，没有使它过得快乐幸福，猴子听着也哭了，跳下来跪在地上拜，从此永不再逃，老人也取消了它颈上的锁链。后来老人死了，邻居帮着埋葬他，棺木下土时，猴子也跳入墓穴中殉主了。我写到这里，眼泪一滴滴落下来，落在纸上，不知怎的，竟是越哭越伤心，仿佛那个老人就是我自己，又好像我就是那只跳进墓穴的猴子。确实是动了真感情的，照现在的说法，大概就是所谓的"移情作用"吧。老师虽没有新脑筋，倒也不是肫肝叔说的那样死脑筋，他教导我读书和作文，确实有一套方法。可惜他盯得太紧，罚得太严，教起《女诫》《女论语》时那副神圣的样子，我就打哆嗦。有一次，一段《左传》实在背不出来。我就学母亲捂着肚子装“胃气痛”，老师说我是偷吃了生胡豆，肚子里气胀，就在抽屉里找药丸。翘胡子仁丹跟蟑螂屎、断头的蜡烛和在一起，怎么咽得下去，我连忙打个呃说好了好了。其实老师很疼我。他长斋礼佛，佛堂前每天一杯净水，一定留给我喝，说喝了长生不老，百病消除。加上母亲的那一杯，所以我每天清早得喝两杯面上漂着香灰的净水，然后爬在蒲团上拜了佛，才开始读书。老师从父亲大书橱中取出来的古书冒着浓浓的樟脑味，给人一种回到古代的感觉。记得那部《诗经》的字体非常非常的大，纸张非常非常的细而白。我特别喜欢。可惜我背的时候常常把次序颠倒，因为每篇好几节都只差几个字，背错了就在蒲团上罚跪，跪完一支香。起初我抽抽噎噎地哭，后来也不哭了，闻着香烟味沉沉地想睡觉，就伸手在口袋里数胡豆，数一百遍总该起来了吧。肫肝叔说得不错，人来此世界只为受苦，我已开始受苦了。不由得又念起那句文章：“慈爱之神乎，吾将临汝矣！”晚上告诉母亲，母亲说：“你不可以这样调皮。你要用功读书，我还指望你将来替我争口气。”我知道她为的是我喊二妈的那个人。二妈是父亲在杭州做大官时娶回的如花美眷，这件事着实伤了母亲的心，也使我的童年蒙上一层阴影。现在事隔将近半个世纪，二妈也去世整二十年，回想起她对我的种种，倒也并不完全出于恶意。有件事还不能不感激她，就是我能够有机会看那么多小说，正是由于她，她刚回故乡时，因杭州人言语不通，就整天躲在房里看小说，父亲给她买了不知多少小说，都用玻璃橱锁在他自己书房里，钥匙挂在二妈腋下叮叮当当地响。我看了那些书好羡慕，却是拿不到手，老师也不许我看“闲书”。有一天，肫肝叔设法打开书橱，他自己取了《西厢记》《聊斋志异》等等，给我取了《七侠五义》《儿女英雄传》，我们就躲在谷仓后面，边啃生番薯边看，看不懂的字问肫肝叔，为了怕二妈发现，我们得快快地看。因此我一知半解，不像肫肝叔过目不忘，讲得头头是道，但无论如何，我们一部部换着看，背着老师，倒也增长了不少“学问”。在同村的小朋友面前，我是个有肚才的“读书人”。他们想认字的都奉我为小老师，真是过足了瘾，可见“好为人师”是人之天性。阿荣伯为我在他看守橘园的一幢小屋里安排了条凳和长木板桌，那儿人迹罕到，我和小朋友们可以摆家家酒，也可以上课读书。我教起书来好认真，完全是一副铁面无私的样子，我的教材就是儿童故事书和那一套套的香烟洋片，我讲了故事，再讲背后的“文章”，挑几个生字用墨炭写在木板上，学着老师教我的口气，有板有眼。还要他们念，念不出来真的就打手心，我清清楚楚记得有一次硬是把一个长工的女儿打哭了，她母亲向我母亲告状说我欺侮她，还起了一场小小的风波，我心里那份委屈，久久不能忘记。因此也体会到，每当老师教我时，我实在应该用心听讲，才不辜负当老师的一片苦心。

二妈双十年华，却也吃斋拜佛，照说应该和我母亲合得来，但她们各拜各的佛，连两尊如来佛都摆出各不相让、各逞威严的样子。二妈用杭州口音念《白衣咒》《心经》，非常好听。我印象最深的是她看小说也一句句大声地念出来，她看《天雨花》《燕山外史》等等，念一句，顿一顿，我站在一边听呆了。她回脸瞪着我问："你在这儿干什么?"我很自然地说："听你念书呀。"她大声说："小孩子不能看这些书。"我心想我并没有看，是你在看呀！但也懒得分辩，回瞪她一眼就走开了。但不幸的是有一天被她发现《红楼梦》不见了，她确定是我偷的，更糟的是父亲又发现书房里少了几幅名画、几部碑帖，两案并发，肫肝叔和我都受了严重的拷问。肫肝叔一切都承认了，一副视死如归的样子。他说拿碑帖是为了临摹，父亲当场叫他写字，他拿起笔一挥而就，写的是"南无阿弥陀佛"六个大字，露着一脸的得意。没想到父亲居然点了几下头说："字倒是有天分，你以后索性从写字上下功夫。"肫肝叔奉命唯谨，父亲就叫他抄《金刚经》，抄朱伯庐先生治家格言。于是二妈的矛头转向我，低声地说："小春，你应当专心读圣贤书，这种小说不是你应当看的。"她的声音温和里透着一股斩钉截铁的力量，这股力量是父亲给她的。从那时起，我就怕了她，也有点恨她。但是看闲书的欲望却愈来愈强烈，我怀着一分报复的心理，去看大人们不许看的书。《清宫十三朝》《七剑十三侠》《春明外史》《施公案》《彭公案》……越看越觉得闲书比《左传》《孟子》有趣多了。老师看我昏昏沉沉的样子，索性开了书禁，每天指定我看几回《三国演义》、几回《东周列国志》，命我学《东莱博议》写人物史事评论，这下又苦了我了。肫肝叔却是文章洋洋洒洒，有一天他自动写一篇《曹孟德论》，把曹操捧上天，说刘备是个“德之贼也”的乡愿，父亲和老师看了都连连点头。他得意地对我说，写议论文一定要有和众不同的见解，才可以出奇制胜。但我对议论文总是没兴趣的，因此古文中的议论文也不喜欢读。我背得最熟的是李白的《春夜宴桃李园序》，刘禹锡的《陋室铭》和欧阳修的《醉翁亭记》，好像自己也有飘然物外之概。

幸好这时我的另一位在上海念大学的二堂叔暑假回来了。他带回好多杂志和新书。大部分都是横着排印的，看了好不习惯，内容也不懂，他说那都是他学“政治经济”的专门书，他送给我一本《爱的教育》和一本《安徒生童话集》，我说我早已读大人的书了，还看童话。他说童话是最好的文学作品之一种，无论大人孩子都应当看。他并且用“官话”念给我听。他说“官话”就是人人能懂的普通话，叫我作文也要用这种普通话写，才能够想说什么就写什么，写得出真心话。老师不赞成他的说法，老师说一定要在十几岁时把文言文基础打好，年纪大点再写白话文，不然以后永不会写文言文了。我觉得老师的话也有道理，比如我读《茶花女轶事》《浮生六记》《玉梨魂》《黛玉笔记》等，那种句子虽然不像说话，但也很感动人，而且可以摇头摆尾地念，念到泪流满面为止。二叔虽然主张写白话文，他自己古文根基却很好。他又送我苏曼殊的《断鸿零雁记》，害我读得涕泪交流。这些“爱情”书，都是背着父亲和老师看的。我那时的兴趣早已从“除暴安良”的武侠转移到“海枯石烂”的言情了。十二岁的女孩子，就学着《黛玉笔记》的笔调，写了篇《碎心记》，放在抽屉里被老师看到了，他摆着一脸的严肃说：“文章还可以，只是小小年纪，不可以写这种悲苦衰烂的句子，会影响你的福分的。”其实我写的是母亲的心情，写得自认为非常哀怨动人。二叔也夸我写得好，说我以后可以写小说，不过要用白话文写。他叫我把他的故事写下来。原来他心里有一段非常罗曼蒂克的爱情。他喜欢侍候二妈的丫头阿玉。阿玉见了他，低垂着眼帘含有说不完的情意，肫肝叔也喜欢她，她理也不理他，肫肝叔说：“她是应当喜欢二哥的，我不配。”从这一点看，肫肝叔是个心地很好的人。我教阿玉认字读书，二叔也买了整套的伟人故事书送她。肫肝叔说：“还是让她读二十四孝吧！那样她才能死心塌地侍候二嫂，读新书她就会不甘心，她就会哭的。”他说得一点不错，阿玉一直忍，也一直哭，后来哭着被嫁给了船夫，全家就在一条乌篷船上飘飘荡荡，二叔对她的爱情也没个了结。在当时，他俩那种脉脉含情的样子看了真叫人心碎。我打算学郁达夫《迟桂花》的笔调来写，但后来进了中学，学算术，学英文，看闲书、写闲文的心情反而没有了。

我到杭州考取中学以后，吃斋念佛的老师觉得心愿已了，就出家当和尚去了。我心头去了一层读古书的压迫感，反而对古书起了好感。寒暑假，就在父亲书橱中随意取出一本本线装书来翻翻，闻到那股樟脑味，很思念老师。父亲要我有系统地读四史。《古文辞类纂》和《十八家诗钞》由他选了给我读。可是我只能按自己的兴趣背诵，父亲有点失望，他说我将来绝不是个做学问的人，这一点是不幸而言中了。

从学校图书馆中，我借来很多小说和散文，尤其是翻译小说。父亲对朱自清、俞平伯的文章很欣赏，可是小说仍不赞成我多看。我倒也用不着像小时候那么躲着他偷看。那时中学课业不像现在繁重，课余有的是时间，我看了巴金、老舍、茅盾等人的小说，西洋小说中，我最爱罗曼·罗兰的《约翰·克利斯朵夫》，反复看了几遍，奥尔珂德的《小妇人》是当英文课本念的，我们又指定看《好妻子》《小男儿》的原文，因为文字较浅。其他如《简·爱》《傲慢与偏见》《悲惨世界》，亦使我爱不释手。尤其是《小妇人》和《简·爱》，我感到写小说并不难，只要有一颗充满“爱”的心。记得当时还摹仿名家笔法，写了一个中篇小说《三姐妹》，大姐忧郁如林黛玉，日记都是文言文的，二姐是叛逆女性，三妹天真无邪，写得情文并茂，自谓熔《红楼梦》《小妇人》和《海滨故人》于一炉，此文如在，倒真是我的处女作呢。二妈向我借去《茶花女》和庐隐的《象牙戒指》，又一句句地念出声来，念完了偏又说："如今的新派小说真啰唆，形容句子一大堆，又没个回目。"这么说着，却又向我再借，有时还看得眼圈儿红红的。在看小说上，我们倒成了朋友。我把这话告诉母亲，母亲深陷的眼神定定地看着我半晌说："你们彼此能谈得来，我也放心不少。"母亲脸上表情很复杂，好像欣慰，又好像失落了什么。我心里很难过，我觉得圣贤书和罗曼蒂克的爱情至上主义很难协调，因此我把《红楼梦》看了又看，觉得书中人个个值得同情。对自己的家庭，我也作如是观，因此我一时豁达，一时矛盾，一时同情母亲，一时同情二妈。后来读了王国维的《红楼梦评论》，好像又进入另一种境界，想探讨人生问题、心性问题。教我语文的王老师叫我看《宋儒学案》、王阳明《传习录》、胡适《中国哲学史大纲》。可是对我来说，这些书都太深了，倒是《传习录》平易近人。那时启发心智的书不及现在这么丰硕，我本是个不喜爱看理论书的人，父亲恨不得我把家中藏书都读了，我却毫无头绪地东翻翻西摸摸。先读《庄子》，读不懂了放下来再抽出《楚辞》来念，念着《离骚》和《九歌》时，不禁学着家庭老师凄怆的音调低声吟诵起来，热泪涔涔而下，觉得人生会少离多，十分悲苦。心中脑中一团乱丝理不清，我写信给故乡的二叔和肫肝叔，他们的回信各不相同。二叔劝我读唐诗宋词，寄给我一本纳兰的《饮水词》、吴频香的《香南云北庐词》与李清照的《漱玉词》，叫我细读。

他说诗词是图画的，音乐的，哲学的，读多了对一切自能融会贯通。肫肝叔却叫我读《庄子》，读佛经，他介绍我看《景德传灯录》《佛说四十二章经》《心经浅说》。那阵子，我变得痴痴呆呆，无限虚无感、孤独感，觉得自己是个哲人，没有人了解我。王老师发现我在钻牛角尖，叫我暂时放下所有的书本，连小说也别看，撒开地玩。他时常带我们在湖滨散步。西湖风光四时不同，每处景物都有历史掌故，他风趣的讲解和爽朗的笑声，使我心胸开朗了不少。他说读书、交朋友、游山玩水三者应融为一体，才是完整的人生。所谓人生哲学当在日常生活中去体会寻求，不要为空洞的理论所困扰。他说“三更有梦书当枕，千里怀人月在峰”就是三者合一的境界。高中三年，王老师对我的启迪很多。他指导我速读和精读的方式，如何做笔记，如何背诵，如何捕捉写作的灵感。我渐渐感到生命很充实，自己在成长，成长中，大自然、朋友、书本是最好的伴侣。

父亲爱读书、藏书，也爱搜集版本、碑帖和名家字画。杭州住宅书房中，有日本影印《大藏经》、《四史精华》、《四库全书》珍本、《三希堂》、《淳化阁法帖》，和许多善本名家诗文集。父亲每年夏天都去别墅云居山庄避暑，所以山上也有一部分他自己特别喜爱的书。放暑假后，我就上山陪他散步读书。别墅是三间朴素的小平房，绕屋是葱茏的细竹。四周十余亩空地一半是果园，一半种山薯玉蜀黍。山顶有一座小小茅亭，每天清晨我们在亭中行深呼吸，东方彩霞映照着烟波缥缈的钱塘江，左边是沉睡的西子湖。父亲晚年怀着避世的心情上山静养。勉励我要好好利用藏书，爱惜藏书，不要学不肖子弟，把先人藏书字画都卖了。父亲说这话是很沉痛的，因为我是长女，妹妹才五岁，家中没有应门五尺的男童。所以我当时曾立誓要保存好父亲在杭州和故乡两地的全部藏书。没想到抗战军兴，父亲带了全家回故乡，杭州沦于敌手，全部书画就无法照顾了。

避乱故乡，父亲忧时伤事，健康一日不如一日，幸得故乡的书斋中，另有一套藏书，商务影印的《大藏经》《四部丛刊》《二十四史》《十三经注疏》……大伏天里，在城里工作的二叔特别回来帮我晒书，肫肝叔也来了，他还是那副吊儿郎当的样子，头发稀稀疏疏的，竟已像个老头子了。二叔则显得越发深沉了。父亲见了他很高兴，叫他帮着我把书房整理出来。父亲的书房在正屋右首边，隔一道青石大屏风。一幢单独平房内分三间，最外面一间摆着红木镶云母石面的长桌，以备赏画之用。进圆洞门另一长房间是书房，一边一张油木榻床，父亲看书倦了在此休息，右首套房是经堂，是父亲诵经静坐之处，书橱里是藏经。四部丛刊以及木版善本专集等，则放在外书房中，这一座书城已足够使二叔和我留恋了。肫肝叔在山中捡来一些松树的内皮，就着自然的笔磔拼成“听雨轩”三字，贴在圆洞门上，父亲看到了也点头赞许。经堂的落地门外是小院落，种着茂盛的水竹，风雨掠过，竹浪翻腾。在我的记忆里，好像这个小院落中一直下着雨。也许是父亲和我都偏爱雨，喜欢在雨天到经堂里，燃起一炉檀香，隔着窗儿欣赏万竿烟雨图。父亲病中喜读杜甫书，大概是国难家愁，心境与少陵相似。因此影响我于学诗之初，就偏爱杜诗。我第一首律诗《怀西湖友人》就是由父亲改定的，记得当中四句是："三年湖海灯前梦，万古沧桑劫后棋。故国云山应未改，西湖筇屐倘相期。"父亲兴来时也作诗，可惜他的诗稿于离乱中不及带出，现在还记得几首，有一首记友人来访的诗："具黍但园蔬，虚邀有愧子。倾杯迎故旧，备箸恕清疏。老至交情笃，乱来村里墟。瓯江幸地僻，还喜暂安居。"虽未见功力，却是款切自然。我们父女听雨轩中岁月，还算过得悠闲。二叔于星期假日，一定下乡陪父亲作上下古今谈。他读的新理论书比父亲多，我更不敢望其项背。他每于书橱中取出一部书，略略翻阅，便能述其梗概。他告诉我无论读古书新书，都要能抓住重点，先看作者自序与目录，略读即可，不必逐字逐句推敲。如有兴趣，可摘录与自己相同及相反意见，并加批注，最好用活页，以所读书性质归类。不做笔记亦可，于书页上下空白处批注。纯文学书如诗歌散文，则可任意圈点。他说会读书的人，不但人受书的益处，书亦受人的益处。此话我时时牢记在心。和大学时夏老师的话不约而同。他诗词背得很多，用工楷抄了一本诗词选，题为"诗词我爱录"。后来我也学他把自己心爱诗词抄一本“诗词我爱录”。此抄本曾带来台湾，不意竟在办公室抽屉中不知被何人盗去，十分痛心。他和父亲谈哲学、宋明理学，说来头头是道，连佛经他都看了不少。他并不赞成我年纪轻轻地就读佛经，却写了佛经上四句给我作座右铭：“一切众生，莫不有心，凡有心者，皆当成佛。”他说：佛经道理深奥，总括起来也就是“我心即佛”四字。“佛”即是最高之智慧。宋明理学无论是程朱、陆王，都未跳出这个道理。只是治学方法不同而已。他说肫肝叔虽也看佛经，却是自恃聪明，走火入魔，十分可惜。那时肫肝叔已不幸染上不良嗜好，处处躲着我父亲，见了二叔也是自惭形秽，默无一言。对我却始终推心置腹，他给我看他自叹的诗，记得其中四句是“因无骨相饥寒定，只合生涯冷淡休。羞向鸡虫计得失，那堪儿女足酸愁”。我看了也只有叹息。父亲去世时，他于无穷悔恨中作了一首挽联：“涕泪负恩深，忆十年诲谕谆谆，总为当时爱我切。人天悲路绝，对四壁图书浩浩，方知今日哭兄迟。”至今忆及，犹感怆然。这两位叔叔一样有极高天分，一样地读了很多书。却是气质如此迥异，人生观如此不同。这疑问，我到今天都时时在心。

父亲逝世后，我又单身负笈沪上继续学业，大学的中文系主任夏承焘老师对我在读书方法上另有一番指引。他说读书要“乐读”，不要“苦读”。如何是“乐读”呢，第一要去除“得失之心”的障碍，随心浏览，当以欣赏之心而不必以研究之心去读。过目之书，记得固然好，记不得也无妨。四史及《资治通鉴》先以轻松心情阅读，古人著书时之浑然气运当于整体中得之。少年时代记忆力强，自然可以记得许多，本不必强记，记不得的必然是你所不喜欢的，忘掉也罢。遇第二次看到有类似故事或人物时自然有印象。读哲学及文学批评书时，贵在领悟，更不必强记。他说了个有趣的比喻：你若读到有兴会之处，书中那一段，那几行就会跳出来向你握手，彼此莫逆于心。遇有和你相反意见时，你就和他心平气和辩论一番，所以书即友，友亦书。诗词也不要死死背诵，更不必记某诗作者谁属，张冠李戴亦无妨，一心纯在欣赏。遇有心爱作品，反复吟诵，一次有一次的领会，一次有一次的境界。吟诵多了自然会背，背多了自然会作，且不至局限于某一人之风格。全就个人性格发展，写出流露自己真性情的作品。他教学生以轻松的行所无事之态度读书，自己却是以极认真严肃态度做学问。他作了许多诗人、词人的年谱，对白石道人研究尤为深入。我也帮他整理许多资料，总觉研究工作很枯燥，他说是年龄境界未到，不必勉强，性格兴趣不相近，也不必勉强。大学四年中，得夏老师“乐读”的启示，培养了读书的兴趣，也增加了写作的信心。卒业后避乱穷乡，举目无亲，心情孤寂，幸居近省立联高，就向图书馆借来西洋哲学书及翻译小说多种阅读。我写信给夏老师报告读书心得，也诉了一些内心的悲苦，他来信告诉我说：“近读狄更斯《块肉余生记》一书，反复沉醉，哀乐不能自主。自唯平生过目万卷，总不及此书感人之深。如有英文原本，甚盼汝重温数遍，定能益汝神智，富汝心灵，不仅文字之娱而已。”他也正在读歌德的书。每节录其中警语相勉：“人生各在烦恼中过活，但必须极肯定人生，乃能承受一切幻灭转变，不为所动，随时赋予环境以新意义，新追求，超脱命运，不为命运所玩侮。”他又说：“若无烦恼便无禅，望你以微笑之智慧，化烦恼为菩提，以磨刮出心性之光辉。”他指示我读西洋哲学之余，应当回过来再读《老子》。篇幅不多，反复读之，自能背诵。老子卒业后再读《庄子》，并命于万有文库中找出西塞罗文录来读其中说老一篇，颇多佳喻。我写给他自己习作的词。他说：“文字固清空，但仍须从沉着一路做去。”他叫我不要伤春，不要叹年长，人之境界，当随年而长。他引僧肇《物不迁论》中句“旋岚偃岳而常静，江河竞注而不流”以勉励。他说：“年来悟得作诗作词，断不能单从文字上着力。放翁云迩来书外有工夫。愿与希真共勉之。”他的来信，每一句话都像名山古刹中的木鱼清磬之音，时时敲击心头，助我领悟人生至理。曾记当年在沪上时，杭州陷于日寇，他曾有词咏孤山云：“湖山信美，莫告诉梅花，人间何世。独鹤招来，共临清镜照憔悴。”不知他面对日后生活的种种困境，清镜中更是怎样一副白发衰颜呢？

抗战后半期，我虽与恩师不曾同处一地，而书信往还，他对我读书为人为学，启迪实多。在那一段宁静的岁月中，我也确实读了一些书。但愈读愈感到在浩瀚书海中自身知识的贫乏，和分寸光阴的可贵。

胜利还乡，第一件事就是叩见恩师，并请他指点如何重整残缺的图书。因家园曾一度陷于日寇，听雨轩被日机炸毁一角。一部分藏书化为灰烬。复员回杭州，检点寓所与云居山庄两处的存书，许多善本诗文集都已散失，藏经和碑帖亦已残缺不齐。这都是无法重补的书，实令人痛心。统计永嘉与杭州两处余书不及原来三分之一。追念父亲当年的托付之重，我乃尽力把《四部丛刊》《四部备要》及四库全书珍本等丛书中缺失者买来补齐，重新整理书房，且供上佛堂，也是对先人的一点纪念。没想到后来仓促中家人生存都成问题，故乡与杭州两处藏书，竟然无法顾及。眼睁睁看着先人余业，将被摧毁，于万分沉痛的心情之下，只得把杭州的藏书全部捐赠浙江大学图书馆，故乡的书全部捐赠籀园图书馆（孙仲容先生读书馆）。希望借了公家力量，保留一二，亦足以告慰先父在天之灵。我当时仓惶离开杭州，行囊简便，自己特别心爱的几部书和父亲生前批注圈点过的书，都无法携带。只得郑重托付恩师，希望有一天能重见恩师，也领回硕果仅存的几部书。

二十多年来，我也陆陆续续买了不少自己喜爱的书，加上朋友们赠送的著作，我也拥有好几书橱的书了。但是想起大陆故乡和杭州两处数遭日寇兵劫的万册藏书，焉得不令人魂牵梦萦。偶然在旧书摊上买到一部尘灰满面的线装书就视同至宝，获得一部原版影印的古书，就为之悠然神往。披览之际，就会想起童年时代打着呵欠背《左传》《孟子》时的苦况，怀念起所有爱护我的长辈和老师。尤其是当我回忆陪父亲背杜诗闲话家常时的情景，就好像坐在冬日午后的太阳里，虽然是那么暖烘烘的，却总觉光线愈来愈微弱了。太阳落下去明天还会上升，长辈去了就是去了，逝去的光阴也永不再回来。春日迟迟中，我坐在小小书房里，凌凌乱乱地追忆往事，凌凌乱乱地写，竟是再也理不出一个头绪来。我只后悔半生以来，没有用功读书，没有认真做学问。生怕渐渐地连后悔的心情都淡去，只剩余一丝丝怅惘，那才是真正的悲哀呢！

人物

吾　师

我自幼由父亲请了一位林老师教古书，小和尚念《三官经》似的，把四书五经横流倒背，再听他讲“启承转合”“抑扬顿挫”。问我懂了吗，不懂又要挨几下打，只好揉一下昏昏欲睡的眼睛说：“懂了，懂了。”每星期一次的作文比上吊还要痛苦，坐在书桌前，咬着笔杆，瞪着眼睛望题目：《汉刘邦楚项羽论》《衣食住三者并重说》。我的天，搜索枯肠，最后又是“人生在世”“岂不悲哉”交了卷。林老师兴致来了，就提起朱笔大圈特圈一番。不幸遇到他心绪不佳，不免要拍桌大骂，批上一句：“思路未通，文不切题，重作。”我含着满包眼泪，暗暗发誓：长大以后，再也不写这劳什子的文章了。

十二岁进了初中，开始读“的了吗呢”的白话文了。作文里代替“人生在世”“岂不悲哉”的，是“时代的巨轮”“一切的一切”，林老师看了翻翻白眼，父亲更是皱紧了眉头说：“完了，你的文章再也搞不好了。”我于心灰意懒之余，对自己失去了信心，对读书也失去了兴趣。满腹的牢骚，只有向日记尽情发泄。还有一件最苦恼的事，就是父亲和老师都不准我看小说，认为是“诲淫诲盗，不足训也”。寒暑假在家，只好躲在被窝里看《红楼梦》《水浒》《西游记》和近人的新小说，写作的欲望又不禁油然而生。在一个暑假里，写下了一篇五万字的中篇，题为《三姊妹》，把《玉梨魂》《红楼梦》《小妇人》的句法全模仿起来，自以为文情并茂，熔新旧小说的风格于一炉。开学的时候，捧给学校里的方老师看，方老师约略翻了一下，第二天就还给了我，后面批着两行大字：“阅历经验不够，切莫写长篇。多读书多考虑再下笔。”冷水浇头，我捧了我的“巨著”，整整流了一夜的眼泪，我对自己是再度地绝望了。初中毕业的时候，我的作文成绩是丙下。

高一是我的转折点，学校里新聘了一位王老师，他的谆谆善诱，至今给我留下不可磨灭的印象。他第一天上课就一扫我心头的阴霾，鼓舞起我的兴趣。他说：“我知道你们每一个天真纯洁的心灵里，都有写不完的好文章，只是不知道如何表达罢了。我希望我能慢慢儿帮助你们。你们不要怕自己不会写，更不要性急。第一，你们还是要多阅读，读了别人的好文章，仔细研究他的结构布局和造句，美丽的词句与独特的意境要摘记下来，时时温习默记。到自己写文章的时候，不期然而然的好句子就源源而来了。第二，你们要多多体察外界的事物，训练脑子多作有系统的思想。比如说你在漫天风雪中看见一个乞儿，你就应以充满同情的心，观察他的神态动作，研究他的家庭状况，以及流浪街头和失学的原因，你内心一定会涌上许多感想，把它写下来就是一篇好文章。可是我们不是为了要写文章才去体验观察，是因为体验观察之余，有一种情绪使我们不能不写。平时有感想就记下来，哪怕是三言两语都好，不必一下子就求写长篇。做日记是练习文章最好的方法，因为日记是你自己的生活体验，没有一点矫揉造作的成分。”

他给我们开列很多书籍，作我们的课外读物，每月至少阅读一本，做笔记给他修改。又给我们出许多作文题目，作为课外随意的写作。就着题目的启示，随时留心观察周遭的事物，兴致来时，就能振笔疾书，完成一篇颇为得意的作品。记得有一次我写了一篇《童年》，回忆儿时依着母亲逃难的情景。我写着：“河里涨大水，把稻田都淹没了，我们躲在乌篷船里，听船儿从稻子尖上滑过去，发出沙沙的声音，妈妈连声念‘阿弥陀佛，罪过死了’。我只是疲倦得想睡觉，朦胧中想起哥哥分给我的十张香烟画片可曾带在身上，伸手一摸，好好儿在荷包里呢！仔细拿出来在暗中重新数一遍，一张不少，再把它放入贴肉的衬衫口袋里，才安心睡去了。”王老师在这一段上打了密密层层的圈儿，我兴奋而又羞惭地问他为什么圈下这许多圈。他笑嘻嘻地说：“因为你能抓住当时的情景，而且把儿童的心理完全描绘出来了。”他又说：“你总要写你自己知道的而且有兴趣的东西，自己生疏的事物不要勉强去写，那一定会失败而且减少你对写作的兴趣的。”

暑假中，他出了几个题目给我们，印象最深的是《当妈妈是姑娘的时候》《我的一个好朋友》《荷花开了的时候》。我每篇都写了，评判的结果，名列第二，《我的一个好朋友》一篇投了杭州当时的权威月刊《浙江青年》，得了两元四角稿费。这是我第一次自己挣来的光荣钱，我把四角钱买了礼物送王老师，两块银元放在口袋里叮叮当当地响，那一种喜悦直到现在还洋溢在我的心头呢！

高中毕业进入大学，一位终身钦仰的夏老师给了我更多的启示。他教我重读朴实无华的《诗经》与热情充沛的《楚辞》，一扫“文以载道”的陈腔滥调，而给予这两部巨著以新的评价。从他们铿锵的音节与蕴藉的辞藻中，发掘作者温柔敦厚、纯洁坚贞的灵魂。他指点我以文学的眼光，分析《左传》《史记》《汉书》等的笔法章法，而逐渐启发我鉴赏的能力，培养我写作的技巧。于历代各大名家诗文，他总是不惮烦琐地讲解它的精华所在，深入浅出，必使我心领神会而后已。从那时起，我才算是真正开始读古书了。

我现在想起来，仿佛他温和的语音还在我耳边响。他说写文章不仅要练字练句，更要练意，要练到人人意中所有，人人笔下所无，才是人间至文。华丽的辞藻固然可以装饰文章的外表，可是如没有“真善美”的内容，读起来骨多肉少，终未免“以艰深文浅陋”之讥。他教我读《哀江南赋》至“悬弓于玉女窗扉，系马于凤凰楼柱”时，他说：“作者的心情是如何的沉痛，却用‘玉女窗扉’‘凤凰楼柱’等华丽字面来反衬劫后江南的荒凉情景。”又如元曲里“石阑干畔银灯过，照见芙蓉叶上霜”二句冷艳的词句，却是描写深闺少妇一颗寂寞的心。更如“笙歌归院落，灯火下楼台”，写的是酒阑人散后的凄凉景象，却只用“归”“下”二字轻轻点出。《红楼梦》里写大观园的衰落，却故意用“海棠重开”“贾母设筵赏花”的热闹场面来衬托：贾母在席上渐渐倦了，闭上眼睛打盹儿，醒来时见冷清清地只剩探春一人陪着，她叹了口气道：“散了，大家都散了，你也该回去休息了。”那笔调是多么凄楚，读者的心情该是多么沉重。

夏老师说写文章必须避免平庸的感伤情调，要有一种超凡出俗的崇高意境。有了灵感并不是马上可以成为好文章，还须加上耐心酝酿，才能产生精心创作。他说写作有如酿酒，现实的生活经验是米和水，天才和灵感就是酵母，把酵母加入米和水中，并不是马上可以成酒，必须要一个相当时期的酝酿，使米和水起了作用，成为一种完全不同的东西——酒。酝酿得够，作出来的酒才够甘美，这才是作者以生命创造出来的文学。

夏老师不仅以文教，以言教，更以日常生活教。与他同游一处名胜，同看一场电影，同访一个朋友，甚至同挤一次公路车，他都会启发你无限的生活情趣，使你能更深地体会人情事理。以广大的胸怀，欣赏每一件事物，同情每一种人。以温柔敦厚的情怀，写下怨而不怒、哀而不伤的文字。他写给我的格言是：“时时体验人情，观察物态，对人要有佛家怜悯心肠，不得着一分憎恨。”记得有一次挤公路车，被卖票员骂“猪猡”，我气得想跳下车，他笑着劝我：“你体会一下他工作的机械和烦躁，就心平气和了。”他又说：“做人和写文章一样，写文章时心情是至真至善至美的，你总愿意你的文章予人以更多的快乐与美感！那么你一定要培养一颗优美的心灵。”

大学四年中，受着夏老师春风化雨的熏陶，虽自惭未能尽得老师的心传，可是几年来偶尔提笔为文，不由不想起老师行云流水似的风格，与他勉励我的话，深感写作的乐趣，真也是无穷尽的呢。

外　公

三十五年八月中秋前夕，我从穷乡僻壤的南田，回到阔别多年的故乡，心情是难以名状的复杂。抗战胜利了，人人感到兴奋。可是八年中，我的双亲和一位相依如亲手足的堂弟，都相继去世。门衰祚薄的家庭，于庆祝胜利声中，却是倍增凄凉。我一到家，立刻去山中迎接硕果仅存的一位亲人——我的外公来家里共度中秋。那时他已是九五高龄。聚见之下，看他腰背伛偻，须发萧疏。扶着拐杖，走起路来非常的蹒跚吃力，精神已远不如以前健旺了。家，是冷冷清清的。外公见不到疼爱的女儿、女婿，我失去了慈爱的双亲。仗，整整打了八年，真是“数天涯依然骨肉，几家能够”？我们祖孙二人，相对无言了好半天。可是，我能尽快地回到家，见到外公；而且还大学毕了业，当了差使，对他老人家来说，总是可慰藉的。

外公逢人便颤巍巍地伸出三个手指头说：“在祠堂里，小春可以领三对大馒头了。”

我故乡风俗，凡族中读书子弟，能争光门楣的，每逢新年祠堂里举行祭典，都可向族长领取馒头。馒头是米粉做的，形如寿桃，有中号汤碗那么大。扎扎实实，沉沉甸甸。男孩子于乡学堂毕业时即可领取一对。我是女孩子，照规定是没有资格领的。但因我是长房长女，又能于兵荒马乱中，出远门读书，完成大学教育。所以族长另眼看待，准许我领取馒头：从高中、大学到“做官”，一共领了三对。这是外公感到最值得骄傲的事。

“你记不记得，你的‘上大人，孔乙己’，还是我把你抱在膝头上一个字一个字教的呢。你说我怎么不高兴，怎么不高兴呢？”外公兜起下巴，呵呵地笑了。

他对我幼年淘气的事儿，依旧记得清清楚楚，他说了一遍又一遍，我听了一遍又一遍，总也听不厌。

在暖烘烘的秋阳里，我扶着他从前门绕圈子散步到后门。和风吹拂着他稀疏雪白的须发。水田里送来阵阵稻花香。有我扶着，他的两条腿也似硬朗多了。散一会儿步以后，他就要我端一张藤椅，陪他坐在后门口。他说前门雕梁画栋的看起来太富贵气了，一堵青石刻花大屏风，又挡住了视线。后门可以放眼望青山绿水，而且叫花子都是从后门来的。外公总吩咐小帮工：“多给点，多给点，过节了啊。”

我附在他耳朵边，跟他说话儿。告诉他许多许多“外路”的新奇事儿，听得他打皱的脸都笑开了。外公也絮絮叨叨地跟我讲母亲和舅舅的事儿，从他们小时候说到娶亲出嫁生儿育女，仿佛我母亲和舅舅正在扯着他的青布大围裙淘气哩。我抬头望蓝天滚圆的月光，梦悠悠地说：

“外公，妈做的枣泥馅儿月饼有多好吃。只要是你没有来过节，妈总要派人特地送给你吃的。”

“唔！”他摸着胡子在想，“有一年，她手烫伤了不能做月饼，又嫌你在身边捣蛋，把你送到山上来，在外公家过节。你记不记得？”

我怎么不记得呢？那是一个让人落泪的中秋节：姨太在帐子里拿蜡烛烧蚊子，一不小心，把帐子烧着了。姨太站在地上，只会发慌地叫喊。父亲又正巧在楼下。妈听到喊声，三脚两步奔过去，跳上床，把帐子扯下来，又拉过一床棉被蒙上去，才把火扑灭。火熄以后，妈的双手才钻心地痛起来。一看已灼伤了。姨太拿酒为妈抹上，抱歉的眼泪一颗颗滚落下来。可是妈反倒没有哭，她低声地说：“没什么，不要紧，再抹点鸡油就好了。”妈做事一向镇静，对任何痛苦，她好像都安之若命。她一生已不知忍下多少痛楚，吞下多少眼泪。而这一次，我扶她回到自己房里，她暗暗落泪了。我想她疼痛的不是一双灼伤的手，而是一颗受创的心。恩爱幸福不属于她，一有危难，挺身来承当的却是她。谁能不感委屈呢？稚气的我，望着妈妈用纱布包扎的手而难过，心里更懊丧的却是没有枣泥月饼吃。而且全家都无精打采的，不能过一个快乐的中秋节了。妈看我不高兴的样子，温和地对我说：“送你上山到外公家过节吧。”

外公有一子三女。舅舅只三十岁就去世了。留下一位孝顺勤劳的舅妈生有两个男孩子。两位姨妈都嫁在邻村，也都儿女成行。逢年过节，就带了孩子们回娘家。我一向孤孤单单在家里，难得和这许多表兄妹玩在一起，简直是乐不思蜀。我跟他们爬山，采野果，却是胆子奇小，遇到险峻之处，我站着尖叫，都是表兄们一把将我拎过去，我很佩服他们的壮健，他们呢？很佩服我的“肚才”。因为我已经背了好多《孟子》和“唐诗”了。有一次，我一不小心，跌进做纸的水槽里，又是表兄一把将我拎出来，泡得一身的酸臭水，我又冷又怕，第二天就发起高烧来。舅妈把我搂在怀里，搓着我冰冷的手脚。外公自己开了方子，煎药给我喝下去，出一身汗就好了。外公摸摸我的头顶说：“要学得粗蛮点，胆子才会壮大，身体才会好。碰到困难才挡得住。人是难保不碰到一点困难的。”他老人家的话，我牢牢记住了。

山乡人家，生活俭朴，平日连酱油都很少用。自己用黄豆晒的酱油，到过年才舍得吃。记得那年母亲让我带去四瓶上等酱油和一瓶味精，我告诉舅妈味精是放在汤里喝的。舅妈竟舀了一汤匙的味精，冲了一碗白开水，一清早端给外公喝，说是补的。外公尝了一口说：“是什么东西呀，这样又淡又腥。”舅妈说是味精汤，我拍手大笑舅妈是乡巴佬。回家后告诉母亲，母亲太息说：“你外公和舅妈哪里吃过什么好东西，你长大后挣钱，得好好孝顺他们啊！”

我长大后，母亲和舅妈都不幸相继去世，外祖父受此打击，一下子就衰老好多。我泪眼涔涔地望着外祖父，明知自己在家乡只有短暂的一月，马上又得随服务机关复员回杭州。关山险阻，我竟无法好好侍奉这位唯一的亲人。眼看他已垂垂老去，这一别，再见之期又岂能预料。我一面低头沉思，一面替外祖父装上旱烟，递给他吸。他喷着烟，咳嗽着，青烟弥漫在静静的夜空中，蔚蓝的月光照着它，像一层薄薄的云雾。外祖父如银的白发飘在云雾中。我忽然觉得他像一位仙翁，飘飘然将御风而去，渐离渐远。我不由得伸手握住他瘦弱的臂膀，他也以另一只手放在我的手背上，轻轻地抚摸着，嘴里喃喃地不知在说些什么。我靠得他很紧很紧，能和年迈的祖父相依相守，哪怕是最短暂的片刻，也是永生难忘的幸福时光。

“你还会念《月光经》吗？”外祖父问我。

“会的。”

“要记得常常念。保佑你身体好，样样都好。”

《月光经》是外祖父教给母亲，母亲教给我的。在上海读书时，每逢周末，女生宿舍里同学都走光了，我一个人倚着窗棂看月亮，在心里念着《月光经》，就仿佛听到母亲慈和的声音在吩咐我这样那样。我虽不相信《月光经》会保佑我什么，《月光经》里却包含了慈亲无尽的爱和祝福。

那年外祖父在我家住了二十多天，因我即将再度出门，他坚持要早点回去。我扶他蹒跚地上了轿子，他从轿子里探出头来再三叮咛：“到杭州就写信来，过年若不能回来，明年中秋节一定要回来啊！”

“明年一定回来。”我肯定地回答。

可是第二年还没到中秋，表兄来信说，外祖父在睡眠中，就悄悄地离他们而去了。他平时常常念起的，就是希望能再见一次最疼爱的外孙女儿。可是我却对他老人家失信了。

我仰望着薄云中朦胧的淡月，低声地喊着：“外公、外公。”

妈妈的手

忙完了一天的家务，感到手臂一阵阵的酸痛，靠在椅子里，一边看报，一边用右手捶着自己的左肩膀。儿子就坐在我身边，他全神贯注在电视的荧光幕上，何曾注意到我。我说："替我捶几下吧！"

"几下呢？"他问我。

"随你的便。"我生气地说。

"好，五十下。你得给我五毛钱。"

于是他双拳在我肩上像擂鼓似的，嘴里数着"一、二、三、四、五……"像放连珠炮，不到十秒钟，已满五十下，把手掌一伸："五毛钱。"

我是给呢，还是不给呢？笑骂他："你这样也值五毛钱吗？"他说："那就再加五十下，我就要去写功课了。"我说："免了、免了，五毛钱我也不能给你，我不要你觉得挣钱是这样容易的事。尤其是，给长辈做一点点事，不能老是要报酬。"

他噘着嘴走了。我叹了口气，想想这一代的孩子，再也不同于上一代了。要他们鞠躬如也地对长辈杖履追随，已经是不可能的事。所以，作为20世纪70年代的中老年人，第一是身体健康，吃得下，睡得着，做得动，跑得快，事事不要依仗小辈。不然的话，你会感到无限的孤单、寂寞、失望、悲哀。我却又想起，自己当年可曾尽一日做儿女的孝心？从我有记忆开始，母亲的一双手就是粗糙多骨的。她整日地忙碌，从厨房忙到稻田，从父亲的一日三餐照顾到长工的“接力”。一双放大的小脚没有停过。手上满是裂痕，西风起了，裂痕张开红红的小嘴。那时哪来像现在主妇们用的“沙拉脱、新奇洗洁精”等等的中性去污剂，洗刷厨房用的是强烈的碱水，母亲在碱水里搓抹布，有时疼得皱下眉，却从不停止工作。洗刷完毕，喂完了猪，这才用木盆子打一盆滚烫的水，把双手浸在里面，浸好久好久，脸上挂着满足的笑，这就是她最大的享受。泡够了，拿起来，拉起青布围裙擦干。抹的可没有像现在这么讲究的化妆水、保养霜，她抹的是她认为最好的滋润膏——鸡油。然后坐在吱吱咯咯的竹椅里，就着菜油灯，眯起近视眼，看她的《花名宝卷》。这是她一天里最悠闲的时刻。微弱而摇晃的菜油灯，黄黄的纸片上细细麻麻的小字，就她来说实在是非常吃力，我有时问她：“妈，你为什么不点洋油灯呢？”她摇摇头说：“太贵了。”我又说：“那你为什么不去爸爸书房里照着明亮的洋油灯看书呢？”她更摇摇头说：“你爸爸和朋友们作诗谈学问。我只是看小书消遣。怎么好去打搅他们。”

她永远把最好的享受让给爸爸，给他安排最清静舒适的环境，自己在背地里忙个没完，从未听她发出一声怨言。有时，她真太累了，坐在板凳上，捶几下胳膊与双腿，然后叹口气对我说：“小春，别尽在我跟前绕来绕去，快去读书吧。时间过得太快，你看妈一下子就已经老了，老得太快，想读书已经来不及了。”

我就真的走开了，回到自己的书房里，照样看我的《红楼梦》《黛玉笔记》。老师不逼，绝不背《论语》《孟子》。我又何曾想到母亲勉励我的一番苦心，更何曾想到留在母亲身边，给她捶捶酸痛的手臂？

四十年岁月如梦一般消逝，浮现在泪光中的，是母亲憔悴的容颜与坚忍的眼神。今天，我也到了母亲那时的年龄，而处在高度工业化的现代，接触面是如此的广，生活是如此的匆忙，在多方面难以兼顾之下，便不免变得脾气暴躁，再也不会有母亲那样的容忍，终日和颜悦色对待家人了。

有一次，我在洗碗，儿子说：“妈妈，你的手背上的筋一根根的，就像地图上的河流。”

他真会形容，我停下工作，摸摸手背，可不是一根根隆起，显得又瘦又老。这双手曾经是软软、细细、白白的，从什么时候开始，它变得这么难看了呢？也有朋友好心地劝我：“用个女工吧，何必如此劳累呢？你知道吗？劳累是最容易催人老的啊！”可不是，我的手已经不像五年前、十年前了。抹上什么露什么霜也无法使它们丰润如少女的手了。不免想，为什么让自己老得这么快？为什么不雇个女工，给自己多点休息的时间，保养一下皮肤，让自己看起来年轻些。

可是，每当我在厨房炒菜，外子下班回来，一进门就夸一声：“好香啊！”孩子放下书包，就跑进厨房喊：“妈妈，今晚有什么好菜，我肚子饿得咕嘟嘟直叫。”我就把一盘热腾腾的菜捧上饭桌，看父子俩吃得如此津津有味，那一份满足与快乐，从心底涌上来，一双手再粗糙点，又算得了什么呢？

有一次，我切肉不小心割破了手，父子俩连忙为我敷药膏包扎，还为我轮流洗盘碗，我应该感到很满意了。想想母亲那时，一切都只有她一个人忙，割破手指，流再多的血，她也不会喊出声来。累累的刀痕，谁又注意到了？那些刀痕，不仅留在她手上，也戳在她心上，她难言的隐痛是我幼小的心灵所不能了解的。我还时常坐在泥地上撒赖啼哭，她总是把我抱起来，用脸贴着我满是眼泪鼻涕的脸，她的眼泪流得比我更多。母亲啊！我当时何曾懂得您为什么哭。

我生病，母亲用手揉着我火烫的额角，按摩我酸痛的四肢，我梦中都拉着她的手不放——那双粗糙而温柔的手啊！

如今，电视中出现各种洗衣机的广告，如果母亲还在世的话，她看见了“海龙”“妈妈乐”等洗衣机，一按钮子，左旋转，右旋转，脱水，很快就可穿在身上。她一定会眯起近视眼笑着说："花样真多，今天的妈妈可真乐呢！"可是母亲是一位永不肯偷懒的勤劳女性，我即使买一台洗衣机给她，她一定连连摇手说："别买别买，按电钮究竟不及按人钮方便，机器哪抵得双手万能呢！"

可不是吗？万能的电脑，能像妈妈的手，炒出一盘色、香、味俱佳的菜吗？

儿子的礼物

一位好友的女儿，寄来她在报上发表的一篇文章给我看。内容是写她十几岁的儿子在幼年时亲手雕了一对烛台送给她，做母亲的当然是万分地宝爱。儿子渐渐长大了，有一天，他发脾气，顺手拿起一只烛台扔向母亲。母亲于吃惊与盛怒之下，拾起地上的烛台，竟把柜子上的另一只一起扔进垃圾桶。儿子怔在那里，怨怒的眼神里仿佛说："你扔吧，给你的东西，你爱怎么扔就怎么扔。"第二天一早，她后悔了去垃圾桥边想把烛台拾回来，却已被清道夫收拾走了。

她心头感到无比的刺痛，尤其是想起儿子当时雕刻的那番心意和所花的工夫。她叹息道："为什么美好的东西，总是在失去之后才觉得格外可爱?"

看着她的文章，我止不住泪水涔涔而下。我感触于母心之苦涩，也悔恨自己既不是一个孝顺体贴的女儿，又不会扮演好母亲的角色。如今以垂暮之年，纵横老泪，也冲不去心头的伤痛。

和作者一样，我也有一样儿子的礼物，那是在童年时他用火柴棒搭起来的立体“快乐”二字。那真是玲珑剔透、巧夺天工。我是那么珍惜它，把它放在玻璃树最妥帖最显著的地方。年复一年地，火柴棒的红蒂头褪色，骨架因胶水渐渐脱落而松散了，它已不能竖起放，我只好把它小心地收在一只盒子里。几度的搬迁，我是小心地带着它。现在，它就放在床边书架上。我常常端起盒子细看，真不能相信这是儿子的杰作。悠悠二十年岁月的痕迹，都刻画在那一根根带有微尘的暗淡火柴棒上。而它所给予我的是那一份诚挚的“快乐”。我心里有太多的感激，也有太多的感慨。

记得那个深夜，他把房门关得紧紧的，亮着灯不睡。我总当他偷看从摊上借来的脏兮兮的“小人书”，几次敲门催他睡，他只是不理，我气得一夜未睡好。次晨他上学了，却见书桌上端端正正摆着这件精致的手工，边上一张卡片，写着“妈妈，给你快乐”。我的感动无法名状，我真是快乐了好多好多时日啊！

他渐渐长大了，我们母子时有争吵，他曾愤怒地出走数日不归，我守着虚掩的大门通宵达旦，我看着“快乐”二字泫然而泣。固然儿子并没像这位朋友的孩子那样，拿起自己做的手工扔向我，但他对我珍惜这件礼物所表现的无动于衷，却使我心酸。每次央求他修补一下火柴棒的骨架，他总是漫不经心地一再拖延。我了解这是无法勉强的，时光不会倒流，童稚亲情不复可得。儿子成人了，我已老了。当年母亲说得对，“一代归一代，茄子拔掉种芥菜。”母亲那时已知代沟之无法弥补了。

我再想想这篇文章的作者，是我看她长大的，她在初中时，每周两次的夜晚，带了两个弟弟，背着书包到我家来读古文。他们的专注神情都在眼前，一下子他们也将近中年了。她现已是两个孩子的母亲，也尝到了做母亲的滋味。但在给我的信中，她仍幽默地说：“母亲来时，总是看了我事事不顺眼。”这就是两代的不同吧。

其实在我心目中，她母亲是个新派人物，对子女的教育极为开明，不像我对儿子的管教是一个钉子一个眼，无怪会引起他的反感了。

几年前，她和双亲同来我家小聚，她的娴静、深思和谈吐的优雅，总使我想她少女时代的无忧神情，怎么她今天也会为母子偶然的冲突而恼怒呢？

她在文章结尾时说：“希望儿子成长为一个有用而快乐的人。”足见母心尽管苦涩，却是永远满怀希望的。

她道出了天下父母心，也给了我一份温暖与启示。我也不要再为儿子送我的那一对骨架松散的“快乐”二字，而感触万千了。

母亲的书

母亲在忙完一天的煮饭，洗衣，喂猪、鸡、鸭之后，就会喊着我说："小春呀，去把妈的书拿来。"

我就会问："哪本书呀？"

"那本橡皮纸的。"

我就知道妈妈今儿晚上心里高兴，要在书房里陪伴我，就着一盏菜油灯光，给爸爸绣拖鞋面了。

橡皮纸的书上没有一个字，实在是一本"无字天书"。里面夹的是红红绿绿彩色缤纷的丝线，白纸剪的朵朵花样。还有外婆给母亲绣的一双水绿缎子鞋面，没有做成鞋子，母亲就这么一直夹在书里，夹了将近十年。外婆早过世了，水绿缎子上绣的樱桃仍旧鲜红得可以摘来吃似的。一对小小的喜鹊，一只张着嘴，一只合着嘴，母亲告诉过我，那只张着嘴的是公的，合着嘴的是母的。喜鹊也跟人一样，男女性格有别。母亲每回翻开书，总先翻到夹得最厚的这一页。对着一双喜鹊端详老半天，嘴角似笑非笑，眼神定定地，像在专心欣赏，又像在想什么心事。然后再翻到另一页，用心地选出丝线，绣起花来。好像这双鞋面上的喜鹊樱桃，是母亲永久的样本，她心里什么图案和颜色，都仿佛从这上面变化出来的。

母亲为什么叫这本书为橡皮纸书呢？是因为书页的纸张又厚又硬，像树皮的颜色，也不知是什么材料做的，非常的坚韧，再怎么翻也不会撕破，又可以防潮湿。母亲就给它一个新式的名称——橡皮纸。其实是一种非常古老的纸，是太外婆亲手裁订起来给外婆，外婆再传给母亲的。书页是双层对折，中间的夹层里，有时会夹着母亲心中的至宝，那就是父亲从北平的来信，这才是"无字天书"中真正的"书"了。母亲当着我，从不抽出来重读，直到花儿绣累了，菜油灯光也微弱了，我背《论语》《孟子》背得伏在书桌上睡着了，她就会悄悄地抽出信来，和父亲隔着千山万水，低诉知心话。

还有一本母亲喜爱的书，也是我记忆中非常深刻的，那就是触目惊心的"十殿阎王"。粗糙的黄标纸上，印着简单的图画——是阴间十座阎王殿里，面目狰狞的阎王，牛头马面，以及形形色色的鬼魂。依着他们在世为人的善恶，接受不同的奖赏与惩罚。惩罚的方式最恐怖，有上尖刀山、落油锅、被猛兽追扑等等。然后从一个圆圆的轮回中转出来，有升为大官或大富翁的，有变为乞丐的，也有降为猪狗、鸡鸭、蚊蝇的。母亲对这些图画好像百看不厌，有时指着它对我说："阴间与阳间的隔离，就只在一口气。活着还有这口气，就要做好人，行好事。”母亲常爱说的一句话是：“不要扯谎，小心拔舌耕犁啊。”“拔舌耕犁”也是这本书里的一幅图画，画着一个披头散发女鬼，舌头被拉出来，刺一个窟窿，套着犁头由牛拉着耕田，是对说谎者最重的惩罚。所以她常拿来警告人。外公说十殿阎王是人心里想出来的，所以天堂与地狱都在人心中。但因果报应是一定有的，佛经上说得明明白白的啰。

母亲生活上离不了手的另一本书是黄历。她在床头小几抽屉里，厨房碗橱抽屉里，都各放一本，随时取出来翻查，看今天是什么样的日子。日子的好坏，对母亲来说是太重要了。她万事细心，什么事都要图个吉利。买猪仔、修理牛栏猪栓、插秧、割稻都要拣好日子，腊月里做酒、蒸糕更不用说了。只有母鸡孵出一窝小鸡来，由不得她拣在哪一天，但她也要看一下黄历。如果逢上大吉大利的好日子，她就好高兴，想着这一窝鸡就会一帆风顺地长大，如果不巧是个不太好的日子，她就会叫我格外当心走路，别踩到小鸡，在天井里要提防老鹰攫去。有一次，一只大老鹰飞扑下来，母亲放下锅铲，奔出来赶老鹰，还是被衔走了一只小鸡。母亲跑得太急，一不小心，脚踩着一只小鸡，把它的小翅膀踩断了。小鸡叫得好凄惨，母鸡在我们身边团团转，咯咯咯地悲鸣。母亲身子一歪，还差点摔了一跤。我扶她坐在长凳上，她手掌心里捧着受伤的小鸡，又后悔不该踩到它，又心痛被老鹰衔走的小鸡，眼泪一直地流，我也要哭了。因为小鸡身上全是血，那情形实在悲惨。外公赶忙倒点麻油，抹在它的伤口，可怜的小鸡，叫声越来越微弱，终于停止了。母亲边抹眼泪边念往生咒，外公说：“这样也好，六道轮回，这只小鸡已经又转过一道，孽也早一点偿清，可以早点转世为人了。”我又想起“十殿阎王”里那张图画，小小心灵里，忽然感觉到人生一切不能自主的悲哀。

黄历上一年二十四个节气，母亲背得滚瓜烂熟。每次翻开黄历，要查眼前这个节气在哪一天，她总是从头念起，一直念到当月的那个节气为止。我也跟着背：“正月立春、雨水，二月惊蛰、春分，三月清明、谷雨……”但每回念到八月的白露、秋分时，不知为什么，心里总有一丝凄凄凉凉的感觉。小小年纪，就兴起“一年容易又秋风”的慨叹。也许是因为八月里有个中秋节，诗里面形容中秋节月亮的句子那么多。中秋节是应当全家团圆的，而一年盼一年，父亲和大哥总是在北平迟迟不归。还有老师教过我《诗经》里的：“蒹葭苍苍，白露为霜，所谓伊人，在水一方。溯回从之，道阻且长，溯游从之，宛在水中央。”我当时觉得“宛在水中央”不大懂，而且有点滑稽。最喜欢的是头两句。“白露为霜”使我联想起“鬓边霜”，老师教过我那是比喻白发。我时常抬头看一下母亲的额角，是否已有“鬓边霜”了。

母亲当然还有其他好多书，像《花名宝卷》《本草纲目》《绘图列女传》《心经》《弥陀经》等的经书。她最最恭敬的当然是佛经。每天点了香烛，跪在蒲团上念经。一页一页地翻过去，有时一卷都念完了，也没看她翻，原来她早已会背了。我坐在经堂左角的书桌边，专心致志地听她念经，音调忽高忽低，忽慢忽快，却是每一个字念得清清楚楚，正正确确。看她闭目凝神的那份虔诚，我也静静地坐着一动不动。念完最后一卷经，她还要再念一段像结语那样的几句。最末两句是“四十八愿渡众身，九品咸令登彼岸”。念完这两句，母亲宁静的脸上浮起微笑，仿佛已经渡了众身，登了彼岸了。我望着烛光摇曳，炉烟缭绕，觉得母女二人在空荡荡的经堂里，总有点冷冷清清。

《本草纲目》是母亲做学问的书，那里面那么多木字旁、草字头的字，母亲实在也认不得几个。但她总把它端端正正摆在床头几上，偶然翻一阵，说来也头头是道。其实都是外公这位山乡郎中口头传授给她的，母亲只知道出典都在这本书里就是了。

母亲没有正式认过字，读过书，但在我心中，她却是博古通今的。

爸爸教我们读诗

爸爸是个军人。幼年时，每回看他穿着笔挺的军装，腰佩银光闪闪的指挥刀，踩着“喀嚓、喀嚓”的马靴，威风凛凛地去司令部开会，我心里很害怕，生怕爸爸又要去打仗了。我对大我三岁的哥哥说：“爸爸为什么不穿长袍马褂呢?”

爸爸一穿上长袍马褂，就会坐轿子回家，在大厅停下来，笑容满面地从轿子里出来，牵起哥哥和我的手，到书房里唱诗给我们听，讲故事给我们听。

一讲起打仗的故事，我就半捂起耳朵，把头埋在爸爸怀里，眼睛瞄着哥哥。哥哥边听边表演：“‘砰砰砰’，孙传芳的兵倒下去了。”爸爸拍手大笑，我却跺脚喊：“不要‘砰砰砰’的开枪嘛！我要爸爸讲白鹤聪明勇敢的故事给我听。”

“白鹤”是爸爸的坐骑白马。它英俊挺拔，一身雪白的毛，爸爸骑了它飞奔起来，像腾云驾雾一般。所以爸爸非常宠爱它，给它取名叫白鹤。

一提白鹤，哥哥当然高兴万分，马上背起爸爸教他的对子："天半朱霞，云中白鹤，湖边青雀，陌上紫骝。"我不喜欢背对子，也没见过青雀与紫骝是什么样子。我喜欢听爸爸唱诗，也学着他唱：

慈母手中线，游子身上衣……

床前明月光，疑是地上霜……

我偏着头想了一下，问爸爸："床前明月怎么会像霜呢？屋子里怎么会下霜呢？"

爸爸摸摸我的头，笑嘻嘻地说："屋子里会下霜，霜有时还会积在老人额角上呢。你看二叔婆额角上，不是有雪白的霜吗？"

哥哥抢着说："我知道，那叫作鬓边霜，是比方老人家头发白了跟霜一样呀！"

爸爸听得好高兴，拍拍哥哥说："你真聪明，我再教你们两句诗：'风吹古木晴天雨，月照平沙夏夜霜。'"

他解释道："风吹在老树上，发出沙沙的声音，就像下雨一般。月光照在沙洲上，把沙照得雪白一片，就像霜。但那不是真正的雨，真正的霜。所以诗人说是晴天雨，夏夜霜。你们说有趣不有趣？"

哥哥连连点头，深深领会的样子，我却听得像只呆头鹅。

我说："原来读诗像猜谜，好好玩啊！我长大以后，也要作谜语一样的诗给别人猜。"

爸爸却接着说："作诗并不是作谜语。而是把眼里看到的，心里想的，用很美的文字写出来，却又不明白说穿，只让别人慢慢地去想，愈读愈想愈喜欢，这就是好诗了。"

我听不大懂。十岁的哥哥却比我能领会得多。他就摇头晃脑地唱起来了。调子唱得跟爸爸的一模一样。

在我心眼里，哥哥是位天才。可惜他只活到十三岁就去世了。如果他能长大成人的话，一定是位大诗人呢！

光阴已经逝去了半个多世纪。爸爸和哥哥在天堂里，一定时常一同吟诗唱和，不会感到寂寞吧！

我是多么多么地想念他们啊！

字典的故事

抗日战争期间，我在一处非常偏僻的山区避日寇。那儿有个乡村中学，我时常散步去学校的小小图书室借书看，因而与老师们都谈得很投缘。

有一位教初三英文的老师郑先生，性格爽朗，言语风趣。他是浙东人，一口的蓝青官话，官话里却喜欢夹英文单词。居然是字正腔圆的英国音，还笑我的美国发音不够“文化”。

20世纪40年代，说话夹英文字的时髦作风还是很少的。我起先听起来很不习惯，与他熟了以后，就问他是什么大学毕业的。他得意地说：“英国牛津大学。”接着又哈哈大笑说，“我的意思是，我苦学英文，完全靠一部早年父亲从英国带回的《牛津英语词典》自修出来的。在山区教中学，只要程度够，好好地教，暂时不计较学资历的，所以我就自封为牛津大学文学士。”

他带我到他的工作室里，看他案头那部翻烂了再用牛皮纸层层修补的《牛津英语词典》。他风趣地对我说：“我的财产只有三样，就是这部词典、一个保暖四小时的旧热水瓶和一只每天报时毫厘不差的大公鸡。”正说着，他的大公鸡就昂首阔步而至，在他的脚背上啄了一下表示亲热。他拍拍它的背说：“出去玩吧，别在屋里拉屎，有客人哟！”大公鸡听懂了，走到我面前，歪着头用乌鸡眼盯着我看半天，煞是可爱。

郑先生一本正经地对我讲他如何苦学英文、无师自通的经过：逃难中，身边一无所有，饥寒冻馁在所不计，可是这部词典必定像宝贝似的捧在手里，放在枕边，形影不离。逃空袭警报时，袋子里装的是词典。躲在山洞口，耳朵里听敌机隆隆之声，手中翻着词典，嘴里喃喃地背生字，背解释，背例句。一部词典，从头到尾，一字不漏地挨着次序背，就豁然贯通起来。渐渐地就能说，能造句，能作文。读英文原著更不必说。他叫我随便翻开一页，点一个艰深的词问他，他竟如流水般地背、解释给我听，听得我都呆了。他那一股专注、坚定、锲而不舍的精神，真正令人钦佩万万分。

那时后方出版物贫乏，工具书难求，这位郑先生却就赖一部词典，把英文读通了。可见做学问是聪明智慧一半，毅力一半。若只是好高骛远，贪多嚼不烂，而不能集中精力读完一部书，看去虽有丰富常识，究竟是浮面的。

记得当年恩师曾勉励我们说：“案头书要少，心头书要多，这是古人的诲论。”意思是说，书一本本地用心读了，消化了，吸收了，都储藏在心头，案头书自然就不必堆得太多了。

今天已进步到电脑资讯时代，一切供研究的资料，都可输入电脑，由它代劳，案头书自然也不必多了。但我担心的是，依赖了电脑，人脑是否会愈来愈懒惰？渐渐地电脑可以帮你吟诗作赋，电脑可以陪你下棋散步。到那时，莫说案头不必有书，连心头也不必有书了。

我不禁想念起那位背《牛津英语词典》的郑先生，他如仍健在的话，是否要大叹自己当年背词典的枉费功夫呢？

母亲的金手表

母亲那个时代，没有“自动表”“电子表”这种新式手表，就连一只上发条的手表，对于一个乡村妇女来说，都是非常稀有的宝物。尤其母亲是那么俭省的人，好不容易父亲从杭州带回一只金手表给她，她真不知怎么个宝爱它才好。

那只圆圆的金手表，以今天的眼光看起来是非常笨拙的，可是那个时候，它是我们全村最漂亮的手表。左邻右舍、亲戚朋友到我家来，听说父亲给母亲带回一只金手表，都会要看一下开开眼界。母亲就会把一双油腻的手，用稻草灰泡出来的碱水洗得干干净净，才上楼去从枕头下郑重其事地捧出那只长长的丝绒盒子，轻轻地放在桌面上，打开来给大家看。然后眯起眼来看半天，笑嘻嘻地说：“也不晓得现在是几点钟了。”我就说：“您不上发条，早就停了。”母亲说：“停了就停了，我哪有时间看手表？看看太阳晒到哪里，听听鸡叫就晓得时辰了。”我真想说：“妈妈不戴就给我戴。”但我也不敢说，知道母亲绝对舍不得的。只有趁母亲在厨房里忙碌的时候，才偷偷地去取出来戴一下，在镜子里左照右照一阵又取下来，小心放好。我也并不管它的长短针指在哪一时哪一刻。跟母亲一样，金手表对我们来说，不是报时，而是全家紧紧扣在一起的一种保证，一份象征。我虽幼小，却完全懂得母亲宝爱金手表的心意。

后来我长大了，要去上海读书。临行前夕，母亲泪眼婆娑地要把这只金手表给我戴上，说读书赶上课要有一只好的手表。我坚持不肯戴，我说："上海有的是既漂亮又便宜的手表，我可以省吃俭用买一只。这只手表是父亲留给您的最宝贵的纪念品啊！"因为那时父亲已经去世一年了。

我也是流着眼泪婉谢母亲这份好意的。到上海后不久，就由同学介绍熟悉的表店，买了一只价廉物美的不锈钢手表。每回深夜伏在小桌上写信给母亲时，就会看着手表写下时刻。我写道："妈妈，现在是深夜一时，您睡得好吗？枕头底下的金手表，您要时常上发条，不然的话，停止摆动太久，它会生锈的哟。"母亲的来信总是叔叔代写，从不提手表的事。我知道她只是把它默默地藏在心中，不愿意对任何人说的。

大学四年中，我也知道母亲身体不太好。她竟然得了不治之症，我一点都不知道，她生怕我读书分心，叫叔叔瞒着我。我大学毕业留校工作，第一个月薪水就买了一只手表，要送给母亲，也是金色的。不过比父亲送的那只江西老表要新式多了。

那时正值对日抗战，海上封锁，水路不通，我于天寒地冻的严冬，千辛万苦从旱路赶了半个多月才回到家中，只为拜见母亲，把礼物献上。没想到她老人家早已在两个月前默默地逝世了。

这份锥心的忏悔，实在是百身莫赎。孔子说：“父母在，不远游。”我是不该在兵荒马乱中离开衰病的母亲远去上海念书的。她挂念我，却不愿我知道她的病情。慈母之爱，昊天罔极。几十年来，我只能努力好好做人，但又何能报答亲恩于万一呢？

我含泪整理母亲遗物，发现那只她最宝爱的金手表，无恙地躺在丝绒盒中，放在床边抽屉里。指针停在一个时刻上，但绝不是母亲逝世的时间。因为她平时就不记得给手表上发条，何况在沉重的病中！

手表早就停摆了，母亲也弃我而去了。有很长一段时间，我不忍心去开发条，拨动指针。因为那究竟是母亲在时，它为她走过的一段旅程，记下的时刻啊。

没有了母亲以后的那一段日子，我恍恍惚惚地，只让宝贵光阴悠悠逝去。在每天二十四小时中，竟不曾好好把握一分一刻。有一天，我忽然省悟，徒悲无益，这绝不是母亲隐瞒自己病情，让我专心完成学业的深意，我必须振作起来，稳定步子向前走。

于是我抹去眼泪，取出金手表，开紧起发条，拨准指针，把它放在耳边，仔细听它柔和有韵律的滴答之音。仿佛慈母在对我频频叮咛，心也渐渐平静下来。

我把从上海为母亲买回的表和它放在一起，两只表都很准确。不过都不是自动表，每天都得上发条。有时忘记上它们，就会停摆。

时隔四十多年，随着时局的紊乱和人事的变迁，两只手表都历尽沧桑，终于都不幸地离开了我的身边，不知去向了。

现在我手上戴的是一只普普通通的不锈钢自动表，式样简单，报时还算准确。但愿它伴我平平安安地走完以后的一段旅程吧！

去年我的生日，外子却为我买来一只精致的金表，是电子表。他开玩笑说我性子急，脉搏跳得快，表戴在手上一定也越走越快。而且我记性又不好，一般的自动表，脱下后忘了戴回去，过一阵子就停了，再戴时又得校正时间。才特地给我买这个电子表，几年里都不必照顾它，也不会停摆，让我省事点。他的美意，我真是感谢。

自动表也好，电子表也好，我时常怀念的还是那只失落了的母亲的金手表。

有时想想，时光如真能随着不上发条就停摆的金手表停留住，该有多么好呢？

留予他年说梦痕[1]

十岁时，家庭教师教我背千家诗，背得我直打哈欠。他屡次问我长大了要当个什么，我总心不在焉地回答说："当诗人。"他又生气地说："岂止是诗人，还要会写古文，写字，像碑帖那样好的字，这叫作文学家。"

"文学家"这个名字使我畏惧，那要吃多少苦？太难了，我宁可做厨子，做裁缝师傅。烧菜和缝衣比背古文、背诗有趣多了。

父亲从北平回来，拿起我的作文簿，边看边摇头，显然地他不满意我的"文章"。我在一旁垂手而立，呼吸迫促而低微，手心冒着汗。老师坐在对面，定着眼神咧着嘴，脸上的笑纹都像是用毛笔勾出来似的，一动也不会动。大拇指使劲拨着十八罗汉的小圈念佛珠，啪嗒啪嗒地响。我心里忽浮起一阵获得报复的快感，暗地里想："你平日管教我那么凶。今天你在

---

① 此文原为《烟愁》一书的后记。

爸爸面前，怎么一双眼睛瞪得像死鱼。”父亲沉着声音问他：“她写给我的信，都是你替她改过的吗？”他点点头说：“略微改几个字，她写信比作文好，写给她哥哥的信更好。”提起哥哥，父亲把眉头一皱，我顿时想起那篇为哥哥写的祭文，满纸的“呜呼吾兄”“悲乎”“痛哉”，老师在后面批了“峡猿蜀宇，凄断人肠”八个字。我自己也认为写得不错，因为我每次用读祭文的音调读起来时，鼻子就酸酸地想哭。老师不让我把祭文给爸爸看，怕引起他伤感，如今他又偏偏提哥哥。父亲严肃地对我说：“你要用功读书，爸爸只你一个孩子了。”他的眼里滚动着泪水，我也忍不住抽噎起来，他又摸摸我的头对老师说：“你还是先教他做记事抒情的文章吧，议论文慢点做。”

父亲的话是有道理的，此后凡是我喜欢的题目，做起来就特别流畅。“文学家”三个字又时常在我心中跳动。像曹大家、庄姜、李清照那样的女文学家，多体面、多令人仰慕。可是无论如何，背书与学字总是苦事儿，我宁愿偷看小说。

我家书橱里的旧小说虽多，但橱门是锁着的，隔着一层玻璃，可望而不可即。跟我一同读书的小叔叔，诡计多端弄来一把钥匙，打开橱门，我就取之不尽地偷看起来。读了《玉梨魂》与《断鸿零雁记》，还躺在被窝里，边想边流泪。在上海念大学的堂叔又寄来几本《瓯江青年》与旧的《东方杂志》，对我说这里面的文章才是新式白话文，才有新思想，叫我别死啃古文，别用文言作文，文言文写不出心里想说的话。我有点半信半疑，读《瓯江青年》倒是越读越有味，《东方杂志》却是好多看不懂。堂叔的信和杂志，不小心被老师发现了，他大为震怒地说："你，走路都还不会就想飞。"信被撕得粉碎，丢进了字纸篓。我在心里发誓："我就偏偏要写白话文，我要求爸爸送我去女学堂，我不要跟你念古文。"

老师没有十分接受父亲的劝告，他仍时常要我写议论文："楚项羽论""衣食住三者并重说""说钓"，我咬着笔管，搜索枯肠，总是以"人生在世""岂不悲哉"交了卷。我暗地里却写了好几篇白话文，寄给堂叔看。他给我圈，给我改，赞我文情并茂。有一次，我写了一篇"白绣球"，内容是哭哥哥的。这株绣球树是哥哥与我未分离前，一同看阿荣伯种的。绣球长大了每年开花，哥哥却远在北平不能回来。今年绣球开得特别茂盛，哥哥却去世了，白绣球花仿佛是有意给哥哥穿素的。我写了许多回忆，许多想哥哥的话，愈写愈悲伤，泪水都一滴滴地落在纸张上，母亲看我边写边哭，还当我累了，叫我休息一下。我藏起文章不给她看到，只寄给堂叔看。他来信说我写得太感动人，他都流泪了。叫我把这篇文章给父亲看，我却仍不敢。一则怕父亲伤心，二则怕他看了白话文会生气。这篇"杰作"，就一直被保存在书箧里，带到杭州。

十二岁到了杭州，老师要出家修道，向父亲提出辞馆。我心里茫茫然的，有点恋恋不舍他的走，又有点庆幸自己以后可以"放生"了：我家住所的斜对面正是一所有名的"女学堂”。我在阳台上眼望着短衣黑裙的“学堂生”，在翠绿的草坪上拍手戏逐，好不羡慕。正巧父亲一位好友孙老伯自北平来我家，他是燕京大学的某系主任，我想他是洋学堂教授，一定喜欢白话文，就把那篇“白绣球”的杰作拿给他看，并要求他劝父亲许我去上女学堂。他看了连连点头，把我的心愿告诉了父亲。父亲摇摇头说：“不行，我要她跟马一浮老先生做弟子。”孙老伯说：“马一浮是研究佛学的，你要女儿当尼姑吗？”我在边上忽然“哇”的一声哭起来。父亲沉着脸，无动于衷的样子。我眼泪汪汪地望着孙老伯，仿佛前途的命运就系在他的一句话上了。第二天，父亲在饭桌上忽然对老师说：“你未出家以前，给小春补习一下算术与党义，让她试试看考中学。”我一听，兴奋得饭都咽不下。“爸爸，您真好。”我心里喊着。

两个月的填鸭，我居然考取了斜对面那个女学堂，从此我也是短衣黑裙的女学生。老师走后，我再不用关在家里啃古书了。

在学校里，为了表现自己的学问，白话文里故意夹些文言字眼，都被老师划去了，我气不过，就正式写了篇洋洋洒洒的“古文”，老师反又大加圈点，批上“凤毛麟角，弥足珍贵”八个大字，我得意得飘飘然，被目为班上的“国文大将”。壁报上时常出现我的“大作”，我想当“文学家”的欲望，又油然而生。可是寄到《浙江青年》的稿子总被退回来，我又灰心了。

进了高中以后，老师鼓励我把一篇小狗的故事再寄去投稿，“包你会登。”他跷起大拇指说。果然。那篇文章登出来了，还寄了两元四角的稿费。闪亮的银元呀，我居然拿稿费了，我把四角钱买了一支红心“自来铅笔”送老师，两块银元放在口袋里叮叮当当地响，神气得要命。

我又写了一篇回忆童年时家乡涨大水的情景，寄去投稿，又被登出来了，稿费是三块，涨价啦。那篇文章我至今仍记得一些，我写的是：“河里涨大水，稻田都被淹没了，漆黑的夜里，妈妈带着我坐乌篷船在水上漂，不知要漂到哪里。船底滑过稻子尖，发出沙沙的声音，妈妈嘴里直念着阿弥陀佛，我却疲倦得想睡觉。朦胧中，忽然想起哥哥寄给我的大英牌香烟画片不知是不是还在身边，赶紧伸手在袋里一摸，都在呢，拿出来闭着眼睛数一遍，一张不少，又放回贴身小口袋里，才安心睡着了。”老师说我句句能从印象上着笔，且描绘出儿时心态，所以好。由于他的鼓励与指点，我阅读与学习写作的兴趣更浓厚了。可是在中学六年，我的“国学”完全丢开了，这是使父亲非常失望的一点。高中毕业，他又旧事重提：要我拜马一浮先生为弟子。我又急得哭了。

我的志愿是考北平燕京大学外文系，洋就索性洋到底。可是父亲的答复是“绝对不许”。他一则不放心我远离，二则不许我丢开“国粹”学“蟹行文字”。我偷偷写信给燕京的孙老伯，第二次为我做说客。好容易说动了父亲，折衷办法是念杭州之江，必定要念中国文学系。因为国文系有一位夏承焘先生，是父亲赏识的国学大师，他是浙东大词人之一，父亲这才放心了。

之江也是教会学校，一样的洋里洋气，寥寥可数的几个国文系学生，男生一定穿长褂子，女生一定是直头发。在秀丽的秦望山麓，雄伟的钱塘江畔，独来独往，被目为非怪物即老古董。夏老师呢，一个平顶头，一袭长衫，一口浓重的永嘉乡音，带着一群得意门生，在六和塔下的小竹屋里吃完了“片儿汤”，又一路步行到九溪十八涧。沏一壶龙井清茶，两碟子花生米与豆腐干，他就吟起词来：“短策暂辞奔竞场，同来此地乞清凉。若能杯水如名淡，应信村茶比酒香。无一语，答秋光，愁边征雁忽成行。中年只有看山感，西北栏杆半夕阳。”

他飘逸的风范和淡泊崇高的性格，可从这首词里看得出来。他对学生不仅以言教，以身教，更以日常生活教。随他散一次步，游一次名胜，访一次朋友，都可于默默中获得作文与做人方面无穷的启迪。他看去很随和，有时却很固执。一首词要你改上十几遍，一字不妥，定要你自己去寻求。他说做学问写文章都一样，“先难而后获”。别人改的不是你自己的灵感，你必须寻找那唯一贴切的字眼。

他说灵感像猫，“觅时偏不得，不寻还自来”，是强求不得的。有一天傍晚，我随他在林中散步，他吟了两句诗：“松林细语风吹去，明日寻来尽是诗。”他说：“松林中细语，被风吹去，似了无痕迹，但心中那一刹那间美的感受，却慢慢酝酿成为诗，成为文，绝不是勉强得来的。”这是他作诗为文的态度，也是他行云流水似的风格。他说话不多，但每句话，都像名山古刹中的木鱼清磬，一声声飘落在你心田里，隽永而耐人寻思。

大学四年，我鲁钝的资质并未学得什么，而夏老师春风化雨的熏陶，却使我领会了人生的乐趣，不在争名逐利，而在读书写作，以及工作过程中的那一份欢愉的感受。

“留予他年说梦痕，一花一木耐温存。”这是他的词，他说人生固然短暂，而生活却是壮美的。生涯中的一花一木，一喜一悲都当以温存的心，细细体味。哪怕当时是痛苦与烦恼，而过后思量，将可以化痛苦为信念，转烦恼为菩提。使你有更多的智慧与勇气，面对现实。

别老师后，他的词与他的诲谕时时在心。抗战期间，我尝尽了生离死别之苦，避乱穷乡，又经历了许多惊险，在工作中，我也领略到人间炎凉与温暖的滋味。我渐渐地长成了，我懂得，人要挣扎着生活下去是多么不容易，却是多么值得赞美。我也懂得如何以温存的心，体味生涯中的一花一木所给予我的一喜一悲。

记得逃避山中时，正值隆冬季节，整个山城被封闭在两尺厚的皑皑积雪中，我处身其间，像冻结在水晶球中的玩偶，有一种凝固的安全感。静谧、寂寞而安详。在那一段日子，我终日沉醉在壮美的感受里，我读了些书，也点点滴滴地写了一些追忆旧事的篇章。

胜利后回到杭州，我去萝苑拜会夏老师。我们穿过松林幽径，走向孤山放鹤亭，那时正是骤雨初霁的仲夏傍晚，湖水湖风，凉送襟袖。我们在亭中坐下来，看湖面上亭亭的风荷，跳跃着晶莹的水珠，在心旷神怡中，他看着我请他批改的几篇短文，点点头微笑着，拿出钢笔在封面上题了“留予他年说梦痕”的那句话。

卖水红菱的小姑娘来了，我们买了一掬，慢慢儿剥着，在暮霭苍茫中回到萝苑。

湖堤散步的情景，一晃眼已经是十多年前的事了。来台湾时，仓促中不及带出那些未经整理的凌乱稿件。那些事，在我心中也一直是非常凌乱。生活安定下来以后，我才又重新一件件的追忆，重新琐琐碎碎，片片段段地写。写下许多童年的故事，写下我对亲人师友的怀念，也写下我在台湾的生活感想。这些，也许会被认为是个人廉价的感伤，鸡毛蒜皮不值一提的身边琐事，或老生常谈却自以为了不起的人生哲学。对这些批评，我都坦然置之，我是因为心里有一份情绪在激荡，不得不写时才写。每回我写到我的父母家人与师友，我都禁不住热泪盈眶。我忘不了他们对我的关爱，我也珍惜自己对他们的这一份情。像树木花草似的，谁能没有一个根呢？我常常想，我若能忘掉亲人师友，忘掉童年，忘掉故乡，我若能不再哭，不再笑，我宁愿搁下笔，此生永不再写，然而，这怎么可能呢？

人到了中年，应该更坚强，更经受得起了，但我有时却非常脆弱。我会因看见一条负荷过重的老牛，蹒跚地迈过我身边而为它黯然良久。我会呆呆地守着一只为觅食而失群的蚂蚁而代它彷徨焦急。我更会因听到寺庙的木鱼钟磬之声，殡仪馆的哀乐，甚至逢年过节看见热闹的舞龙灯、跑旱船、划龙船而泫然欲泣。面对着姹紫嫣红的春日，或月凉似水的秋夜，我想念的是故乡矮墙外碧绿的稻田，与庭院中雅淡的木樨花香。我相信，心灵如此敏感的，该不止我一个人吧！

我是沉醉在个人的哀乐中吗？我是在逃避现实吗？不，不是的。虽然日历纸一天天飞过去不会再回头，但我总得望着前面，前面还有一大段路得走。我总希望以壮健的身心回到故乡，在先人的庐墓边安居下来，享受壮阔的山水田园之美，呼吸芬芳静谧的空气。我要与梦寐中曾几度相见的人们，真正的紧握着手，畅叙别后离情。我渴望着那一天，难道那一天会遥远吗？不会吧。

“留予他年说梦痕，一花一木耐温存。”那微带悲怆的声调不时在我心头萦绕。为了他年的印证，我以这支颓笔，留下了阑斑的梦痕，也付印了这本小书。

书名“烟愁”，这是集中的一篇。我对这两个字有一份偏爱。淡淡的哀愁，像轻烟似的，萦绕着，也散开了。那不象征虚无缥缈，更不象征幻灭，却给我一种踏踏实实的，永恒之美的感受。

云居书屋

在杭州城隍山旁边的云居山上，有着翠绿如烟的修竹。修竹丛中，露出红瓦砖墙的一幢小房子，就是我父亲退休后读书养病的小别墅，父亲名之谓“云居书屋”。那不是什么富丽的建筑，只是朴素的三间小平房。可爱的是绕屋的葱茏松柏与四季不绝的姹紫嫣红。屋的四周一共有十八亩空地，父亲把一半辟为果园，种了水蜜桃与李子；另一半种山薯与玉蜀黍；外面再围上一圈青翠的水竹，让幽篁隔绝了繁嚣的尘世。

一年里，除了冬天，父亲大部分时间住在山上；夏天，更是我们全家上山避暑的季节了。累累的水蜜桃与李子，鲜甜欲醉；新出土的山薯与玉蜀黍，比市上买的更是可口。如果不为了学校开学，我真愿意一直伴着父亲，在朗朗的读书声中，享受无尽的慈爱，和田园的情趣。

山顶有一座小小的茅亭，每天清晨，父亲与我站在亭子里行深呼吸，东方的云层由紫绛而渐转粉红，云彩下映照着烟波渺渺的钱塘江。凝眸久望，虽看不见点点帆影，可是它带给你新的理想，新的梦。父亲曾为我讲钱镠王射潮的故事，引起我浩然的意兴。左边是沉睡的西子湖，在淡淡的晨雾里益显得娇媚而慵懒。父亲望着日出，感慨地对我说："在山中才充分享受着一天的乐趣，生命似乎也长得多，可是每见'白日依山尽'，又使人分外感到一天太容易过去了。岁月不居，望你努力读书，培养学问，我已老耄，这满屋的藏书，就完全交给你了。"这几句话，深深地铭刻在我的心头，一晃眼竟过去二十年了。

父亲爱读书、藏书，也爱搜集版本、碑帖与名家字画。记得我们有一次回故乡，带了一部从日本买来的藏经回家，在埠头起岸时，雇了许多脚夫来抬箱子，脚夫问箱里是什么，父亲只简单地回答他们说："是经。"脚夫不由得一个个伸着舌头说："这么多金子呀！"我才大笑着告诉他们："是佛经，不是黄金。"可是在他们眼里，衣锦荣归的父亲是应该有这许多金子的。

故乡的藏书阁里，除了《藏经》以外，还有《四部丛刊》《二十四史》《十三经注疏》《淳化阁法帖》，以及许多唐宋名家诗文专集善本、《宋明学案》、元明清戏曲小说等等，父亲自己最喜欢的是诗文，所以许多诗集文集，都是经他自己圈点过的。他最爱的是一部苏东坡写的陶诗，与弘一法师写的金刚经，无论在故乡或杭州，他都是随身带着的。其他还有不少幅名人字画。如改七芗、仇十洲、唐寅的仕女，赵子昂的马，祝枝山的竹，彭玉麟的梅花，康有为、翁同龢、樊樊山、沈曾植的字，虽不见得都是真迹，可是闲来展玩，自有一份悠然的情趣。

在杭州，父亲又买了商务印书馆刊印的《藏经》、《四库全书》珍本、《疆村丛书》、《四史精华》、中华书局刊印的《四部备要》以及其他诗集文集多种，朋友又送了他一部《三希堂》。他把一部分最心爱的书移藏在云居书屋，每年夏天都要搬出来仔细地晒一次，洒上樟脑粉，然后，有条不紊地排列在书橱里。

父亲有一位对金石有研究的朋友，常来与父亲研究书画的真伪，并为父亲刻了一个“云居书屋藏”的图章。父亲命我在每册书的首页盖上这个章，我却常发现里面也有某某楼藏书的印章，便捧去问父亲那书的来源。

“谁知道呢?”父亲感慨地说，“总是谁家不肖子弟，无以为生，把先人的心爱遗物，随便拿来卖了。小春，你要牢牢记住，这都是我的心爱之物，也是我唯一遗留给你的，你要珍重看待啊!”父亲沉痛的语调，曾使我心中数日不安，我暗自发誓，“无论如何流离颠沛，我决不抛弃保管这些书籍的责任。”

不久抗战军兴，举家避乱故乡，父亲于次年病逝。当病势沉重时，他对我说：“局势如此，你是个女孩子，而且学业未成，兵荒马乱中，怕保不了杭州与永嘉两处的藏书，如万一有大变，永嘉的藏书就捐赠籀园图书馆吧!”(籀园在永嘉城里，是瑞安孙仲容先生读书处，藏书数万卷，后改为图书馆。）我咽着眼泪领受了他的遗言，可是内心又怎么舍得这样做呢？负笈上海，第一年暑假回家晒书，与叔叔一同整编书目。那时杭州沦于敌手，云居书屋的书根本无法照顾。嗣后永嘉又不幸两次陷敌，我在上海因港口封闭无法回乡，曾屡次函告庶母，无论如何，要将父亲的藏书运置安全处所，庶母来信说："最要紧的是你父亲的灵柩要运到山中祠堂里，其次是红木家具与衣物，书籍实在无法搬运了。"我得到此信忧急万分，关山阻隔，着急又有何用。敌军撤退以后，我回到故乡，家园已满目疮痍，书斋被敌机炸毁一角，一部分藏书已化为灰烬，《淳化阁帖》被窃数本，只有放在外厅的《二十四史》尚得安然无恙。我和叔叔将残书一一整理，为了纪念先人，也就愈加爱惜这些残缺的书籍。我选出其中经父亲圈点过的几部诗文集，另放一个书箱，胜利以后随身带到杭州。到了杭州，第一件事就是开启书橱，啊！所有的书统统颠倒混乱不堪，也不知其中缺少了多少。次日又赶到云居书屋。谁知父亲最心爱的几部书，竟已被看管房子的工人称斤论两地卖掉。果园中的桃李树，大部分亦被砍去，问他说是日人盘踞时糟蹋的。目睹此种情景，令人心痛曷已。我把第二批的残书整理在几只箱子里，运回城中寓所。寓所书斋中混乱无绪的书籍，《三希堂》缺了一半，《藏经》少去一册，木板善本完整的只有《昭明文选》《佩文韵府》《十八家诗钞》和《李义山诗集》。而《东坡诗文集》《白香山诗集》《李杜诗集》《疆村丛书》等都不知去向。《四史精华》与《左传》各剩下十余本。《四库全书》珍本存余的比《四部备要》多。我一算杭州永嘉两处的书，总共存余的不及原来三分之一。丛书方面，因限于经济能力，只选比较重要的重新买来补齐。善本书无法购补，《藏经》与《四库全书》珍本因商务停止刊印无法再补。自己又买了几部词集一一分类编目，收藏在父亲书房中。藏经放在三楼，供如来佛一尊，作为庶母念佛的经堂。

我那时因几处兼职，工作甚忙，竟很少读书的时间。偶尔得闲，坐在书房中，望着父亲的照片与这些仅有的图书，想起历年来的变故沧桑，不胜感慨唏嘘。我又何曾想到将来会连这一点点书籍亦无力保存呢？

一九四九年春，烽火已逼近大江以北，庶母在慌乱中忙着将贵重的毛皮衣饰细软，装成十只大皮箱，托朋友先运台湾。而对于浩劫后仅存的图书，却一点也无法顾及。我闻讯匆匆从苏州赶回，此时京沪杭一带，人心鼎沸。家中没有一个强壮的男人，帮我们策划进退。一筹莫展中，想起了父亲临终的遗言："如逢大变，你保不了这些书籍，就把它捐给图书馆吧！"我自恨不能于危急中安顿家庭，自己再图撤退，回首当日与图书共存亡的誓言，不禁放声痛哭。只得与浙大校长商议，将全部图书捐赠浙大图书馆，一则是先人遗业，不忍任其散乱，藉着公家的力量，或可保存一二。二则万幸将来能保存的话，不仅为先人留永久纪念，亦使大专学生们多一些参考研读的资料。如此决定以后，第二天浙大就放来专车三辆，将藏经与书籍运去。我对着空空的四壁，不由得潸然泪下。我又特地将父亲圈注过的几部书郑重地捧给夏老师，托他代为保管。因为那时我除了一身衣服，与一只小提箱外，已什么都不能带了。到了上海，我又赶寄一封信给在永嘉的叔叔，请他将留存故乡的书籍，都捐赠籀园图书馆，免失散流落。如此处理虽感万分不忍，可是于无可如何中，也算履行了父亲的遗言了。

现在回忆当年对着琳琅满目的书卷，为父亲漫研珠墨、圈点诗书的乐趣，此生永不可再得，我悼念先人，也痛心于两次因灾难而失去的图书。

我的另一半

俗语说："年少夫妻老来伴。"又说："不是冤家不碰头。"中年以后，和"冤家"厮守在一起，彼此欣赏着对方的优点和缺点，这份乐趣，也许更有胜于"含饴弄孙"呢！

我的那一半，自然是优点多于缺点。即使是缺点，在他自己看来，都是优点——男子汉的通性，大丈夫的气度，所以做妻子的也没有不欣赏的理由。

他的特色太多了，我先说哪一样呢？对了，慢动作。他的慢动作是他的服务机关全体同仁都知道的。下班时，四个人合坐一辆计程车，总是三缺一，总得等他。他慢条斯理地整理公文，慢条斯理地分别收进抽屉或铁柜，锁上了，拉两下，再拉两下才放心。然后慢条斯理地走到电梯口，电梯太挤宁可走下去，为了安全。等得大门口的三个人直叹气，说他是"老虎追来了，还得回头看看是公的还是母的"，真沉得住气。就为他这么慢，做事倒真的很少出错。他说："忙中不一定有错，快中才有错呢！"也不无道理。再说候计程车吧，也总得挑选：

车子太旧的不坐，不干净；司机太年轻的不坐，因为年轻人喜欢开快车，不安全；嘴里叼着烟卷的不坐，烟和烟灰喷向后座受不了；竖眉瞪眼的不坐，免得怄气。非得选一辆八成新以上的车辆，司机中年以上，看去慈眉善目的，他才肯举手招呼他停下来。真难为那三位伙伴，得付出多大的耐心陪他等。但他们尽管嫌他太慢，却也不和他拆伙。因为车钱由他管，每月结账一次。哪一个少坐几次，哪一个带朋友补空缺，他都记得一清二楚。车钱三一三十一，四二添作五，公平合理，因为，他本身干的就是一丝不苟的会计工作。

因为他是会计人员，他也把公事房的那套记账方式搬到家里来，教我于日常家用记分类账。列出菜金、交通、娱乐、交际、医药等项目专栏，叫我于花钱后分别记入，于月底结算时，可以看出家用支配是否合理，哪一项是否超出预算。刚开始我大感兴趣，认为这真是最好的家庭计划经济。可是记了一阵子，就感到分类太细太繁复而且许多支出搅和在一起，很难分类。比如说坐计程车去西门町看电影，车钱属于交通费，票钱属于娱乐费，应该记入哪一项目之下呢？如果请朋友一同看，那么应该归入交际费呢，还是娱乐费呢？再比如坐计程车看病，花的钱也得分别记入交通费与医药费两项之下，记得我五心烦躁。当家庭主妇又不是公务员，何必如此一点一画认真呢！有时太忙忘了记，两三天后再来回忆记倒账，记着记着，就变成一片糊涂账。每项结算下来，收支结存都对不起来，我说："对不起来的数目，就算它'呆账'好了。"他哈哈大笑说："怎么叫呆账呢，付出去收不回的钱才叫呆账。"我说："我们用出去的钱难道还收得回来吗？"他摇摇头叹口气说："没办法，你会计学根底太差了，连基本的常识都没有，不可教也。"一副老师架子，真叫人不服气，想想他这把牛刀，何必捧到家里来杀鸡呢？于是我在账簿上写了几句打油诗："进钱以左手，出之以右手，左手不如右手顺，钱如流水非我有。"记账之事，就此告一结束。

岂止是这一件事，在日常生活上，你只要向他一请教什么，他那高山仰止的老师威严就出现了。你若是问他去某某地方怎么走，搭什么车，他先不开腔，从书架上取出花花绿绿的台北市地图，打开来在上面指指点点："你来看嘛，搭这路车，到这里下车就朝东再转南，不要向北走。"我哪分得清东西南北，我只会左右转，前后转。跟我说东南西北，我就成了迷途的羔羊。我尤其不喜欢看地图，在中学时，我的地理常常只有六十分。现在还要拿放大镜在地图上转，更叫我头晕眼花了。他生气了："你这人怎么这样笨嘛，算了算了，你就坐辆计程车多省事。"偏偏我是个不喜欢坐计程车的人，一年到头，不分春夏秋冬，不论天晴下雨，总是一把伞，一双平底皮鞋，三种不同的公车回程票，就跑遍天下。可是他说："你的时间都等车等掉了，你知道吗？时间就是金钱，你知道吗？"我怎么不知道，就因为他喜欢搭计程车，花钱太多，我就偏偏搭公车，把他花出去的车钱省回来。他又喟然叹息道："你真是固执得跟自己过不去，我呢？宁可钱吃亏，不可人吃亏。"

问路的事还不说，最使他发挥权威的是关于各种机器的用法。当我们刚买冷气机时，问他先开哪个钮子，他不耐烦地说："自己看嘛，边上不是有字写得清清楚楚的吗？"我偏懒得看，于是他来说了。中文里夹英文单词，好像出去多年，刚回来的样子，幸亏他的四川英文，我已听习惯了。他指着钮子说："这是苦儿（Cool），那是我磨（Warm），这是阿富（off），那是阿翁（on）。最要紧是开的次序，一定要先按反衡（Fan）才按苦儿，再按苦尔德（Cold），机器才不容易坏。"太复杂了，我宁可热点，每天等他下班回来才由他按钮子。还有教拍照，他更神气了。说我头脑简单，距离、光圈、速度等等一概搞不清，索性不必管。每回我要借用他的照相机，他就把各点都固定起来，只叫我对黄点点里，两个鼻子合成一个了就按钮子。前年我访美时，临行前夕他才把全部原理匆匆说了一遍，我哪有心思听。在芝加哥时，相机故障了，拿到店里请教一位店员，他详细给我讲解一遍，我才恍然大悟，拍出照来非常艺术，寄给他，他写信夸我"困而后学，孺子可教"。轮到他自己为人拍照，那就学问大了。让你站在大太阳里，晒得鼻子冒油，笑容在嘴角都僵了，还没拍。催他快点，他说是为了构图、布局、层次……功夫好深。可是拍出来的照，常常是一棵树长在头顶上，或是天地玄黄，朦胧一片。不知有什么构图，什么层次。可是无论如何，拍照总是他的嗜好，一项最正当的娱乐。

他还有一样嗜好，就是躺在沙发上，跷起二郎腿看书报杂志。（这一点，我想所有的先生们都差不多。）在这时，天塌下来也没他的事。跟他说什么也听不见，给他端一杯牛奶，倒知道往嘴边送。问他："够不够甜？"点点头，"要不要加点阿华田？"再点点头，"加了会太甜吧？"却又摇摇头。我火了，大声问："你到底要不要加嘛？"他还是点点头。他就这么保养元气，不开金口。我气不过，有时就故意不给他拿吃的，他饿慌了也会问："有什么填肚子的没有？""自己做的南瓜糕好吗？""不要土点心。""给你买椰子饼好不好？""好。"他虽然百分之百崇尚中国文化，点心却爱吃洋的。水果喜欢吃苹果，甚至二十世纪梨。他认为贵的东西一定是好的，所以在台湾，他喜欢吃苹果，到了日本，他又想吃香蕉，反正跟钱过不去。

我倒不是舍不得钱，是他那百分之百的自我中心让人受不了。起居饮食上，他的习惯一成不变，叫我不要勉强他吃不爱吃的东西，做不爱做的事，我都无所谓，可是和他商量家务，他也是"板门店谈判"，充分发挥了权威。"这种小事，你不必操心，听我的没错。""大事情呢，当然由我决定。"我还有什么主意好拿？即使有主意，要他接纳也是千难万难。"你难道不知道我的血型是O型吗？遇事考虑周详，一经决定，择善固执，由我来做决定，也是给你分劳呀！"这是他的理论。

倒是有一件事，对我帮忙最多的就是替我找东西。我的急性子加上健忘，日常用物常常不知去向，他就问我前一分钟在干什么，后一分钟又到了哪间屋子，如此卷地毯式的追踪，一下子就被他发现了。他也有心帮我做家务。星期天一早起来，他一定说："今天我有一件大事要做，就是帮你拖地。"如是者起码要念上三遍，念到第三遍时，我的地已经拖干净了。他就说："你何必这么性急呢？搁着我自然会做的。"可是这一搁可能好几天，我看不来满屋的灰尘。"看不来你就只好做，我是看得来的。"他说。这就是他的修养功夫。

数落了他半天，仔细想想，尽管他在家既懒又笨拙，在办公室却是个标准工作人员，他说："两点之间，只有直线才是最短的线。一切根据法令，就是最简单的直线。"就为他能把握这大原则，所以一切的缺点也都成了优点。在我心中，他确实是位"品学兼优"的好丈夫。

“我的另一半”补述

我曾写过一篇《我的另一半》。刊出后他看了顿感委屈，认为我写的全是他的缺点，优点却只字未提。我再仔细想想，他确实也充满优点，怎么竟忘了提呢？为了对他致十二万分的歉意，特作此补述，专记他的优点如此：

他看报看得十分的仔细，遇到书的广告，是绝不会漏过的；又喜欢逛书店，发现一本与他业务有关或符合他兴趣的书，立刻买回来。认为我一定喜欢的书，也立刻买回来。两个人各捧新书，就可消磨一个静静的夜晚。我边看边赞叹：“真好，我差点错过一本好书。”他就得意起来了：“本来嘛，我买的书绝不会错。告诉你，我是个‘书探’，比好莱坞的‘星探’还要锐敏。”

瞧他那股子踌躇满志的样子，就连忙对他谢谢。他自号“书探”确实有道理，他更应尊称为“字典探”，对于各种中英文字典，他探究得非常清楚，买得十分齐全。他对我指指点点地说：“这本文法分析得最彻底，这本例句最多，这本‘同义字比较’最详细……”每本各有特色，他说来如数家珍。为了翻译一本会计学方面的专书，对于各种讨论翻译的理论书，他也几乎全部具备。有的书他不一定都看完，只在目录上打钩。我说：“家里的书已经泛滥成灾了，不看的又何必买？”他说：“先买了，到有疑问时一查就得，那份乐趣就值回票价。书不怕多，这叫做‘养兵千日，用在一朝’。”有的书，他却圈点画线，仔仔细细地阅读。看到入神时，面露笑容，好像已经搞通了。可是自己翻译时，摇了半天笔却摇不出一个字来，笑容顿敛，双眉紧蹙。我问他何以如此困难？他说：“许多书上的原则，等到真正运用时，却又格格不入。”我说：“这就好比游泳，把原则都记住了，跳进水里还是不会游，你得自己去适应水性，慢慢体会，甚至要忘掉原则，专凭体会。”他连连摇头说：“不行，不行。我这人做事，一直都凭原则。”他最相信的是“书上说的”。多年前，朋友们为了他平时工作太认真，消遣太少，曾鼓励他偶尔打个四圈卫生麻将，以松弛神经。他接受了。朋友给他一本《麻将经》，他费了好几个夜晚研究透彻了。于是开始练习方城之戏。他每抓进一张牌来，嘴里都要念念有词：“书上说的，唔，应当先丢这一张。”结果呢，往往放大冲。他又喃喃地说：“奇怪，书上是这样说的，这不可能嘛。”朋友劝他：“你应当活用呀！”他还不服气地说：“我当年学打桥牌，学下围棋，都根据书，觉得都很有道理。”他有一次新年里打了四圈牌，除了那三家自摸的以外，就是他放的冲，输得清洁溜溜。即使如此，三家中的任何一家，也都不愿舍命陪君子，因为他考虑之周，出手之慢，叫人等到忍耐的边缘。我的一位朋友说："陪你先生打牌四圈，可以同时织完半件毛衣，看完一部长篇小说。"因此他没有牌友，也失去兴趣了。

现在再回头说他的翻译工作，我劝他不要尽信书，他对我所说的话，有原始性的反感，正如他的话对于我一样。直到有一次，一位翻译前辈指点了迷津，他才恍然大悟，把心情放松。这位前辈说："翻译第一要'化'，不能拘泥于原文，也不可自作主张。你得先把原文读到彻底了解，再整个打散开来，以中文的思想、习惯与文法，重新组合。这才是最顺畅、最忠实的翻译，切忌洋腔洋调。至于如何读懂呢？很简单，只要找出主词、动词就好了。其他挂灯结彩的都属于形容词、副词子句或片语。如同建造房屋，柱子栋梁先支起来，其他的附属物或装饰后来再加。"他听了这番指点以后，信心大增，遇到困难时，在一大排字典中抽出一本查了，不够明了，再打开一本翻译理论再三比较。一定要彻底了解后，才写下一句。往往一小段原文，耗去整个夜晚。我说他像这样蜗牛式的进行速度，哪天才译完一本书？他说："我的目的不在译成一本书，只是借此探究英文遣词用字的奥妙精微之处。即使耗光一整天，能获得一字一句的精义，因而写出一句天衣无缝，切合原作的好译文，便感乐在其中了。"

单就此点，便可知他读书、做事、为人的态度了。

他有一句口头禅，就是："增广上说的。""增广"是什么呢？乃是"增广昔日贤文"的简称。那是旧时代的名人语录。在他幼年时代，就由他父母亲口授背熟了的。里面都是有韵的对仗，充满了为人处世的道理。他动不动就从头把序文背给我听："昔日贤文，诲汝谆谆。集韵增广，多见多闻。观今宜见古，无古不成今。知己知彼，将心比心。酒逢知己饮，诗向会人吟……"一口四川调，有板有眼。在日常生活上，他随时都用得上。比如训儿子时，他说："告诉你：前三十年子敬父，后三十年父敬子。你现在还没成年，得听老子的话。"遇到学人们衣锦荣归时，他就说："前三十年看父敬子，后三十年看子敬父。这就叫世故人情。"我听听这两组格言之中只差一个"看"字，意思却完全不同。他有时睡眠不好，我有点担忧，他说："'前三十年睡不醒，后三十年睡不着。'这是自然现象，不必担忧。"光是"三十年"，他就能念出三套哲学。"昔日贤文"真个是"诲汝谆谆"呢！难怪他世事洞明，人情练达。

他那种一丝不苟的脾气，是他成为一个标准工作人员的主要原因，他办公根据法令，日常生活根据古训。你要是求他通融一下，他把头摇得拨浪鼓似的说："不行，不行，我是择善固执，绝无通融。"

再说买东西吧，从衣着到日用品，他一定是"货比三家不吃亏”，至于大件的电器设备，更是比较又比较，打听再打听。厂家、牌子、性能，一份份的说明书，研究得清清楚楚，一经选购，就绝不后悔；而且愈使用愈发现它的优点。不像我，看到一样东西，就一见钟情，不管有无实用价值，糊里糊涂就买回家。却是愈看愈后悔，愈用愈发现它的缺点，他笑嘻嘻地说：“这就是因为你什么都是感情用事，连买东西都不例外。”

我若偶然给他买点袜子、手帕之类的，他总是左右挑剔，不是颜色不对，就是质地太差，叫我非常泄气。他如为我买点小东西，我也以同样态度报复他。所以除了书以外，他也不再为我买东西。有一年他去日本，千里迢迢地倒是为我买回一个粉盒，素素淡淡的银白色，上面一朵荷花。我立刻埋怨：“你怎么不买镶彩色亮珠的呢？你不知道我喜欢亮晶晶吗？”他说：“你这人怎么这样没有艺术修养，亮晶晶多土，荷花多高雅，出淤泥而不染嘛。”我还是不欣赏，今年勉勉强强取出来用，竟愈看愈可爱，真不能不佩服他的眼光。

他会计工作干久了，就养成这种挑剔的习惯，比如我拍的照，他一定要仔细分析，拿起一张用左手遮住半边说：“你看，构图差一点，镜头移过来一点就好了。”再拿起照片，摆得远远地，眯起眼睛看了半天说：“距离不对，主体显不出来。”每张都一无是处。我写的稿子，未寄发前，他一定拿起笔，在上面勾勾杠杠，提醒我某处用字未妥，某句词不达意，某段文气未贯，批评得体无全肤。文章是自己的好，我起先总是不服气，再仔细一推敲，真觉得“夫人不言，言必有中”，只有照他的指正修改后才寄。刊出来以后，得意的不是我倒是他。我说：“你这样会改人家文章，为何自己不写呢？”他说：“我是核稿的，不是拟稿的。”我忘了他原来还是个小小主管，真是失敬失敬。他在办公室里核稿的瘾过得不够，回到家里还得过。

他告诉我有一个人，退休家居后，无缘无故体重减轻，食欲不振，他太太大为恐慌，担心他得了癌症，赶紧陪他去看大夫。大夫仔细检查的结果是一切机能健全，完全是由于心情上的空虚之感所引起。太太恍然大悟，马上在家中为他特别安排一张小小办公桌，一切文房四宝俱全，每天一早把菜单及家用收支账目开列明细表，夹在公文夹中，恭恭敬敬递给丈夫审核，丈夫在上面批批改改，签个“可”字，顿觉精神恢复正常，饭量大增。这个故事也许有点夸张，但也可以想见“空虚”之可怕。像他这样一点一画核稿认真的人，一旦退休的话，我也得为他准备一张办公桌。我是个不记账的人，到时候我只有把所有的未定稿，甚至给朋友写的信，都呈给他审核一番了。

最后，得说到他随年事而增的慈悲心。他本来是个有洁癖的人，反对我饲养小动物。历年来我从水沟里、道路边救回来的小狗小猫，一只只都是被他送走的。可是现在却有一百八十度的转变。对于我的爱宠黑猫凯蒂，他对它由容忍而喜爱。凯蒂对我的爱抚视为当然，常常对我高视阔步，爱理不理。而对他却是万般奉承，送迎周到。他叫："凯蒂，打个滚。"它马上在他脚背上打个滚。他叫："凯蒂，眯眯眼。"它马上眯眯眼。冷天里，凯蒂总喜欢睡在他怀里。他摸着它的背慢条斯理地说："凯蒂，你穿了皮袄还怕冷呀？真是把福享尽了，看你下一辈子还想不想做人？"凯蒂咪唔一声表示同意。

有了凯蒂在他怀里，他就可以理直气壮地跷起二郎腿，看书看报，要我为他递茶递水，我说为什么不自己动一下呢？他说："免得打扰你的宝贝凯蒂呀，你看它睡得多好，在我身上，它有一份安全感。"

于是我也心甘情愿为他伺候一切。不是为凯蒂，而是为了感谢他的这一份爱心。

不见是见　见亦无见

——悼念我的启蒙师

我的启蒙师，在我十四岁时，就辞馆而去，闲云野鹤似的，不知飘到哪儿去了。我懵懵懂懂的，只晓得他要出家当和尚，以后是另外世界里的人，不再认我做学生，心里很难过。我牵着他蓝布长衫的袖角，送他到火车站，依恋地望火车出了月台。回到家，看书房里他燃的檀香还没烧完，芬芳的烟雾弥漫了满屋。琉璃灯里如豆的火光在微微跳动。我忽然觉得寂寞起来，寂寞中还夹杂着一份忏悔。因为我一直畏惧老师的严厉，好多次在心里赌咒，不再背那劳什子的古文，并且希望老师快快走。如今他真走了，而且永不回来了，我却伏在桌上哭起来。

我哭过好几次。在学老师朗诵唐诗的声调时，我会哭，听母亲敲起木鱼念经时，我也会哭。我曾问母亲老师为什么要出家，母亲只含糊地告诉我他已看破红尘。“红尘”是什么，我不懂，但我有一种感觉，老师一定是个不快乐的人。

老师这一去就杳如黄鹤，连他的家人都不知道他云游到何方。我也逐渐长大，想他大概真的已“披发入山，不知所终”了。可是三十多年来，我总不时想起他，提起笔，看着自己潦草不堪的字体，就会想起当年他捏着我的小手，一点一画教我端端正正写字时的严肃神情。慵懒地拿起书，就会想起他拍着桌子喊一声“快背”的那一副凶狠狠的脸。如今我又忝为人师，更深深体会到当老师的这份甘苦。

来台湾以后，也常常想念他，我算算他的年龄，五十、六十、七十，他该超过七十了。但，尽管他已有如许高龄，我总觉得他还活着。尽管大陆情况不知如何，我仍以为他还活着。我甚至梦想有一天，我们师生能再聚。在大陆的名山古刹中，他是一位白发皤然的得道高僧，我是一个阐悟了人生真谛的虔诚弟子，佛堂中炉烟袅袅，烛火熊熊。依佛教徒的说法，这该是一段多么美、多么善的缘呢？

三年前，忽然从日本转来一封笔迹生疏的信，拆开来，竟是老师托他在日本的朋友转给我的信，还有他的近影。恍如在梦中，阔别三十多年的老师，他真的还活着，这是他的亲笔信，这是他的照片，他费尽方法把它们传递到我手中。可是从他细弱倾斜的字迹，可以想见他体力的衰微。他的照片，几使我不能辨认。嶙嶙的双颧，深陷的眼窟，眼帘下垂，似在打坐，他穿的是一袭僧衣，颈下挂一串长念佛珠，看去就像一具已圆寂的老僧遗体。这形相使我似陡然领悟了什么，望穿了一切的世间相。恍恍悠悠的，生与死，时与空，一下子都失去了差别与距离。这张照片，写下了三十年人世的艰难岁月。但三十年也就是这么一瞬间，比起几百年、几千年又算得什么。可是三十年却使一个年轻人变成一把骷髅似的瘦骨，目光不再闪烁，嗓音不再洪亮，笔力不再劲健。很快的，这把瘦骨便将消蚀无遗。我的眼泪涌出来了，我仍免不了为人世的“生老病死”而悲伤。

他的信里写道：“客岁重病，曾气绝多时，闻大殿钟声，忽又苏醒。而此后体气日衰，扶杖始勉强能行，想大去之期不远矣。”此信历时三月才到达，我不知在读信时，老师是否“一息尚存”，还是已经西归了。他在照片后面写了两首很长的偈。其中有两句是“不见是见，见亦无见”。他一个人孤独在大陆，如此的高龄弱体。这与幽明异路又有什么两样？这一帧像遗容似的照片，映入我的眼帘，岂不是“不见是见，见亦无见”呢？

我赶紧托在香港的朋友转给他一封信，并寄给他一些药品与少数的现款。此后我们陆续通了几封信。他那支抖擞的笔，对于家乡的状况，都有所描述。他说，我佛慈悲，一定能够拯救人们于苦难中。我逐渐地感觉到他仍然是生存在现实世界中的人，一个有血有肉、有憎恨、有期待的人。尽管他在另一首偈中写着“智境俱泯灭，寂然天地空”。可是生命终究是可贵的，能挣扎着活下去总是一件了不起的事。

我每次去信，都在一种战战兢兢的心情下盼待他的回信。在这不绝如缕的联系中，我寄托着师生重聚的渺茫希望。可是在我寄出第五封信后，就没有再收到他的回信。我的心总在缥缈恍惚中怀疑他的存殁。最近，我辗转打听才知道他已真正脱离苦海。他永不会再以抖擞的笔在粗糙的纸上给我写信了。他那一缕游丝似的呼吸已经停止，他已西归而去，不能再等待了。生与死的距离毕竟太微小，他一下子就跨越过去了。我望着他的照片，仿佛觉得他早就去了另一世界，也好像他是永恒地活着的，因此我并没感到太悲伤。

可是我仍禁不住想，他在“大去”的一刹那，真进入了“智境俱泯灭，寂然天地空”此境界的话，那么他的灵魂亦不会飞越重洋，寄我一梦了。

散文精读·琦君 >>

感悟

闲 情

灯下阅读，时时有细黑如芝麻的虫飞来，在书页上盘旋，久久不去。这是室内盆栽上的小飞虫，有如不知晦朔的朝菌，十分可怜，因此我只用嘴轻轻将它吹去，不忍用手指掸拂，生怕用力过猛，会伤害微弱的小生命。但因灯光温暖，小虫飞走了又回来，不免感到有点干扰。转念一想，小虫也当有它享受灯光温暖的自由，何况这点空间也并非专属于我的，我若赶走它，岂不是我的自私呢？我再仔细观察小虫张开翅膀飞动，和停留纸面上爬行的安详姿态，实在非常可爱。这正是“万物静观皆自得”，我与小虫一样地享受了一份悠游的情趣。

大自然中，莫说是会爬的昆虫，会叫会跳的猫狗，就连一草一木，都有它们欣欣向荣的生机。我屋子里的许多盆栽，一年四季，绿意盎然。每于俯身浇水时，它们都似在对我点头微笑，送来阵阵清香。我不时摸摸那娇嫩欲滴的绿叶，深感与草木互通情愫的乐趣。

想起我孩子幼年时，于天真烂漫中流露一片爱心。他看到盛开的花朵时，高兴地用小手指在花瓣上轻轻点一下，却马上缩回来说：“不要摘它，它会痛哟。”看到地上蚂蚁成群地搬运饼干屑，他绝不用脚去踩踏，只趴下来守着它们仔细地看，嘴里喃喃地念着：“快快搬，快快回家看妈妈。”那一脸稚气的关怀，使我好欣慰。他念小学时，看到马路上无家可归的小狗小猫，就抱回来要求我抚养。惭愧的是我没有收容野狗野猫的条件，工作又忙，只好把困难的理由婉转向他说明，他点头默然无语，却仍怏怏不乐好多天。

看他抱着不得不送到收容所的小狗小猫，轻声细语地对它说：“喊我哥哥呀，哥哥好舍不得你啊。”我心中真是不忍。幼小的心灵，怎能体会大人们现实的困难，怎能理解人世间总有许多的无奈呢？

每当他抱怨地说：“妈妈叫我爱护小动物，您自己却是说到做不到。”我总是无言以对。想想唐朝的穷诗人杜甫，但愿有广厦千万间，以接纳天下寒士，我也恨不得能有力量建一所动物收容所，使无家可归的小动物得以享受温饱。这虽是妇人之仁，多少也体会得一点天地好生之德吧。

儿子已逾而立之年，他那一脸的纯真稚气，仍与幼年时一般无二。他曾好几次问我：“妈妈，你为什么不养一只猫或一只狗呢？”

我说：“我未始不想养，只是现实困难重重。譬如出门旅游时，托谁照顾呢？我们年纪大了，自顾不暇，万一有病呢？”我又叹了口气说，“我还是跟满屋子的花花草草说话，也就乐在其中了。”

他听了歉歉地笑了一下，默不作声。他是否能体会得二老与花草说话时，所谓“乐在其中”的心情呢？

羁旅海外多年，老伴已经退休，在家时间多了。我们相看两“生”厌之余，常是坐对一室花草，反觉无声胜有声。我不免打趣地问他：“宋代词人说：‘树若有情时，不会得青青如此。’你这个没嘴的葫芦，比树如何呢？”他笑答道：“树无情，才能长青。人有情，乃得白头偕老啊。”

忘　我

有一位高僧和一位老道，互比道行高低。相约各自入定以后，彼此追寻对方的心究竟隐藏在何处。和尚无论把心安放在花心中，树梢上，还是山之巅，水之涯，都被道士的心于刹那之间，追踪而至。他忽悟因为自己的心有所执著，故被找到，于是便想：“我现在自己也不知道心在何处。”也就是进入无我之乡，忘我之境，结果道士的心就追寻不到他了。

这个故事有点玄。“忘我”实在不是一件简单的事，佛家所说的眼、耳、鼻、舌、心、意六根之不能清静，就由于不能破除一个我见，执著于色、声、香、味、触、法的六尘。老子也说：“吾所以有大患者，为吾有身。”儒家孔子虽曾说：“毋意、毋必、毋固、毋我”，却并不主张“无我”，这才能从小我本位做起，亲亲而后仁民，仁民而后爱物。所以说：“我欲仁，斯仁至矣。”

我们是常人，不必高谈玄理，立身行事，还是踏踏实实从日常生活上做起。比如得失之心，谁能无之？只可说由于本性与修养的不同，而有程度上的差别。得而不喜，失而不忧者，有点不近人情。但如能由于自己的得而喜，失而忧，推己及人地也为旁人的得而喜，失而忧，就算做到忘我的一半了。至于大德无涯，那是至圣之事，非常人所能企及。标准定得太高了，反而做不到。

其实人不必忘我，只要学着把这颗心一天天放得宽大，关心自己，也关心别人，便有无穷喜乐。三年前，在美国遇到一位黑人鼓手，他把所得微薄工资，办了一个简陋的收容所，辅导迷失逃家的儿童，一一送他们回到父母身边。他的伙伴赞美他，一个小小的人儿，有一颗大大的心。他对我说："我从来不为昨天后悔，也不为明天忧愁。我只为今天所获的友情与信赖而快乐。"我听了好感动。他的忘忧，大概就是"忘我"的境界吧！

这个充满忧患的世界，只有一颗大大的心才托得住。

自己的书房

新加坡一位诗人好友久未来信，正惦念中，他的信到了。龙飞凤舞的字里，看出他的忙碌和兴高采烈。他告诉我最近搬了家，忙得人仰马翻。但高兴的是，十多年来读书写诗，今天才算真正有一间属于自己的书房。

我也好为他欣喜。一间属于自己的书房，多么让人感到舒畅、自由又温暖。

环顾我自己呢？我就坐在客厅与饭厅的餐桌一角，读书、写稿。晚上他在家时，我们各据一方，一盏高而老的台灯，还是朋友从地下室掏出来送给我的。古色古香的灯罩上，我自己涂上了猫狗的儿童画。灯光一透出来，它们就活了，对我跳、对我笑，愈看愈满意自己的杰作。

我们在灯下看书报、谈心、涂涂写写。他那不熟练的打字机声，哒哒的很有节奏，但不至催我入梦，因为我正陶醉在诗词或小说里。有时念两句名句与他共享，他就会用四川乡音朗吟起来。那倒真有点催眠作用了。讲小说故事或技巧，他是不大有兴趣听的，因为他略微缺少点“文学的想象力”，他的兴趣在“踏踏实实的生活”上，如何改善生活，如何增进健康是他喜欢研究的。我们虽道不同，仍可相与谋，因为我稿费的微薄收入归他经管，他的饮食归我料理。因此一同挑灯夜读，仍旧其乐融融。

我们的书，从台湾带来一部分心爱的，来此后也陆续添了不少。但我们一直没有买书橱。就由他的巧手用卡通箱自制，倚着墙壁一字儿排开，他编的书目分类可使我信手抽出书来。“书橱”背上摆了各色盆花，迎着窗外的和风丽日，欣欣向荣。屋子坐北朝南，他说“风水”是最好的。不管风水吧，至少当窗的景观是这一批小区房屋中最好之一。远处是青山绿树，近处是各型玲珑的房屋，屋前院子里四季花木扶疏。一到晚上，那远远近近的灯光令你着迷，静悄悄的小镇，就像属于你一个人的了。

我的“书房”，就是如此令我满意，尽管它是如此的简陋。

说实在的，我始终未曾有过一间真正的书房。但过去每间简陋的书房，都给我留下一段温馨的怀念。

刚到台湾时，行囊中只有《唐宋名家词选》一部小书，和一本手抄的“心爱诗词选”（此书后来被一位爱书贼窃去，至为心痛）。工作安定以后，才在重庆南路、南昌街，省吃俭用地添购一些书。开始写作以后，文友赠书渐增，心灵天地也拓宽了。

但那时我的书房，在办公大楼底层，宿舍的书桌是一张有靠手的藤椅，上加一块他自己刨制的光滑木板。木板是万能的，移来移去当餐桌、当缝纫桌，也当书桌。书柜是三层木架，饰以绿帘。在那方寸的木板上，我有过泉涌的灵感，写下不少篇章。在楼上的办公室里，我也理出一角，在夜晚可以上来静静地看书写稿。白天，即使是在嘈杂的谈话声或打字机声中，我仍可抽空阅读。二十多年的公务员生涯，我就在忙碌的工作中，不忘旧业、培养兴趣。在我心中，一直有一间“自己的书房”。我总尽量保有“亭子小如斗，我心宽似天”的境界，我从来没有羡慕别人富丽堂皇的房屋。

不敢说自己是淡泊，但能如此安于现状，不能不感谢童年时代那位认不得几个大字的阿荣伯。是他给我建造了第一间书房。在那里面，我很满足地感到方寸之地，便是自己的天地。在那里面，使我早早养成易于满足的性格。

那时，乡间房屋虽大而松散，族里来往的亲戚多，好像每间屋子都有人住，总有人进进出出。我从小是个喜欢有个自己角落的人，而老师教我读书的书房又是那么的冰冷严肃。于是巧手的阿荣伯，就为我在楼上罕有人到的走马廊的一角，用木板隔出一间小小的房间。有一面倚着栏杆，可以远眺青山溪流与绿野平畴。阳光空气既好，又少蚊蝇来袭，有时小鸟飞来，停在栏杆上，友善地和我对望片时又悠然飞走。阿荣伯教我以小米喂它们以后，它们都停到我手背上来了。

房间里有一张小木桌，一张小木凳，一只矮木箱，里面藏的是老师不许看的小说，与小朋友交换来的香烟画片，还有阿荣伯的木炭画。(那是他用木炭在粗纸上描的关公、张飞。是他最敬佩的两位“神佛”。他说赵子龙太年轻了，画不好。关公和张飞的胡子很好画。)我坐在里面，为的是逃学，偷看小说，吃花生糖、炒米糕、橘子。那都是趁母亲不备时偷来的。装在一个盒子里慢慢地吃。阿荣伯给我的是田里拔来的嫩番薯，嫩萝卜，都是母亲不许生吃的。阿荣伯说吃点泥土才会百病消除，长大得更快。

小书房曾一度被父亲命令拆除，阿荣伯再为建造。我那时还不到十岁。因母亲的忧郁感染了我，常使我觉得做人好苦，而萌逃世之念。阿荣伯说：“把心思放在一样事情上，定一个心愿去做就快乐了。”

他的话很有道理，我就专心看小说，也背书，比在老师教我读书的真正书房里专心得多。因为这是我喜欢的地方，使我有遗世独立之感。

我长大了，要出门求学，不能永远待在那间小书房里。可是小书房一直是我留恋记挂的。多少年后回到家乡，赶紧跑到楼上走马廊的一角看看，木板屋尚未拆除，里面小桌小凳都已不知去向。木箱仍在，里面还剩了一本《西游记》。我呆呆地站在那里，小时候的情景一幕幕想起来。木板小屋是阿荣伯的手艺，是他为我建造的书房。我的童年在此度过。阿荣伯教我的话，我也仍牢记心头。我虽不能再坐在这里面读书，但这间书房将永远在我心中。

今天，我清清静静地坐在书桌边，抬眼望窗外艳阳下的好风景，童年时代的第一间书房便涌现心头。它启示我如何排除忧患，知足常乐。

读书琐忆

我自幼因先父与塾师管教至严，从启蒙开始，读书必正襟危坐，面前焚一炷香，眼观鼻、鼻观心，苦读苦背。桌面上放十粒生胡豆，读一遍，挪一粒豆子到另一边。读完十遍就捧着书到老师面前背。有的只读三五遍就琅琅地会背，有的念了十遍仍背得七颠八倒。老师生气，我越发心不在焉。肚子又饿，索性把生胡豆偷偷吃了，宁可跪在蒲团上受罚。眼看着袅袅的香烟，心中发誓，此生绝不做读书人，何况长工阿荣伯说过："女子无才便是德。"他一个大男人，只认得几个白眼字（家乡话形容少而且不重要之意），他不也过着快快乐乐的生活吗？

但后来眼看五叔婆不会记账，连存折上的数目字也不认得，一点辛辛苦苦的钱都被她侄子冒领去花光，只有哭的份儿。又看母亲颤抖的手给父亲写信，总埋怨词不达意，十分辛苦。父亲的来信，潦潦草草，都请老师或我念给她听，母亲劝我一定要用功。我才发愤读书，要做个"才女"，替母亲争一口气。

古书读来有的铿锵有味，有的拗口又严肃，字既认多了，就想看小说。小说是老师不许看的“闲书”，当然只能偷着看，偷看小说的滋味，不用说比读正经书好千万倍。我就把书橱中所有的小说，一部部偷出来，躲在远离正屋的谷仓后面去看。此处人迹罕到，又有阳光又有风。天气冷了，我发现厢房楼上走马廊的一角更隐蔽。阿荣伯为我用旧木板就墙角隔出一间小屋，屋内一桌一椅。小屋三面木板，一面临栏杆，坐在里面，可以放眼看蓝天白云，绿野平畴。晚上点上菜油灯，看《西游记》入迷时忘了睡觉。母亲怕我眼睛受损，我说栏杆外碧绿稻田，比坐在书房里面对墙壁熏炉烟好多了。我没有变成四眼田鸡，就幸得有此绿色调剂。

小书房被父亲发现，勒令阿荣伯拆除后，我却发现一个更隐蔽的安全处所。那是花厅背面廊下长年摆着的一顶轿子。三面是绿呢遮盖，前面是可卷放的绿竹帘。我捧着书静静地坐在里面看，绝不会有人发现。万一听到脚步声，就把竹帘放下，格外有一份与世隔绝的安全感。

我也常带左邻右舍的小游伴，轮流的两三人挤在轿子里，听我说书讲古。轿子原是父亲进城时坐的，后来有了小火轮，轿子就没用了，一直放在花厅走廊角落里，成了我们的世外桃源。游伴们想听我说大书，只要说一声：“我们进城去。”就是钻进轿子的暗号。

在那顶轿子书房里，我还真看了不少小说呢。直到现在，我对于自己读书的地方，并不要求如何宽敞讲究，任是多么简陋狭窄的房子，一卷在手，我都能怡然自得，也许是童年时代的心理影响吧。

进了中学以后，高中的语文老师王善业先生，对我阅读的指导，心智的发现至多。他知道我已经看了好几遍《红楼梦》，就教我读王国维《〈红楼梦〉评论》。由小说探讨人生问题、心性问题。知道我在家曾读过《左传》《孟子》《史记》等书，就介绍我看朱自清先生《古书的精读与略读》，指导我如何吸取消化。那时中学生的课外书刊有限，而汗牛充栋的旧文学书籍，又不知如何取舍。他劝我读书不必贪多，贪多嚼不烂，徒费光阴。读一本必要有一本的心得，读书感想可写在纸上，他都仔细批阅。他说，“如是图书馆借来的书，自己喜爱的章句当抄录下来，如果是自己的书，尽管在书上加圈点批评。所以会读书的人，不但人受书的益处，书也受人的益处。这就叫作‘我自注书书注我’了。”他知道女生都爱背诗词，他说诗词是文学的，哲学的，也是艺术音乐的，多读对人生当另有体认。他看我们有时受哀伤的诗词感染，弄得痴痴呆呆的，就叫我们放下书本，带大家去湖滨散步，在照眼的湖光山色中讲历史掌故，名人轶事，笑语琅琅，顿使人心胸开朗。他说读书与交友像游山玩水一般，应该是最轻松愉快的。

高中三年，得王老师指导至多，也培养起我阅读的兴趣，与精读的习惯。后来抗战期间，避寇山中，颇能专心读书，勤做笔记。也曾手抄喜爱的诗词数册，可惜于渡海来台时，行囊简单。匆遽中都未能带出，使我一生遗憾不尽。现在年事日长，许多读过的书，都不能记忆，顿觉腹笥枯竭，悔恨无已。

大学中文系夏瞿禅老师对学生读书的指点，与中学时王老师不谋而合。他也主张读书不必贪多，而要能选择，能吸收。以饮茶为喻，要每一口水里有茶香，而不是烂嚼茶叶。人生年寿有限，总要有几部最心爱的书，可以一生受用不尽。有如一个人总要有一二知己，可以托生死共患难。经他启发以后，常感读一本心爱之书，书中人会伸手与你相握，彼此莫逆于心，真有上接古人，远交海外的快乐。

最记得他引古人之言云："案头书要少，心头书要多。"此话对我警惕最多。年来总觉案头书愈来愈多，心头书愈来愈少。这也许是忙碌的现代人同样有的感慨。爱书人总是贪多地买书，加上每日涌来的报刊，总觉时间精力不足，许多好文章错过，心中怅惘不已。

回想当年初离学校，投入社会，越发感到"书到用时方恨少"。而碌碌大半生，直忙到退休，虽已还我自由闲身，但十余年来，也未曾真正"补读生来未读书"。如今已感岁月无多，面对爆发的出版物，浩瀚的书海，只有就着自己的兴趣，与有限的精力时间，严加选择了。

我倒是想起袁子才的两句诗："双目时将秋水洗，一生不受古人欺。”我想将第二句的“古”字改为“世”字。因他那时只有古书，今日出版物如此丰富，真得有一双秋水洗过的慧眼来选择了。

所谓慧眼，也非天赋，而是由于阅读经验的累积。分辨何者是不可不读之书，何者是可供浏览之书，何者是糟粕，弃之可也。如此则可以集中心力，吸取真正名著的真知灼见，拓展胸襟，培养气质，使自己成为一个快乐的读书人。

清代名士张心斋说：“少年读书，如隙中窥月。中年读书，如庭中赏月。老年读书，如台上望月。”把三种不同境界，比喻得非常有情趣。隙中窥月，充满了好奇心，迫切希望领略月下世界的整体景象。庭中赏月，则胸中自有尺度，与中天明月，有一份莫逆于心的知己之感。台上望月，则由入乎其中，而出乎其外，以客观的心怀，明澈的慧眼，透视人生景象。无论是赞叹，是欣赏，都是一份安详的享受了。

方寸田园

一位文友自美归来，与朋友们畅叙离情以后，就悄悄地回到她乡间自己经营的三间小屋中，读书译作，静静地度过农历新年。她可说真懂得众人皆忙我独闲的诀窍，追求归隐生活的恬静。难怪另一位文友欣羡地说："真希望什么时候也有个田园可归。但又觉得自己仍不够那份淡泊，俗愿尚多，大概没有那种福分。"

玲珑的三间小屋隐藏在碧树果林之中，满眼的绿水青山，满耳的松风鸟语，整天里不必看时钟，散步累了就坐在瓜棚下看书，手倦抛书，就可以睡一大半天，太阳、月亮、星星，轮流与你默默相对，这份隔绝尘寰的幽静，确实令人神往。但若没有朋友共处，会不会感到寂寞呢？且看小屋的主人，住不多久，就匆匆赶回十丈软红的台北市，一到就打电话找朋友再次"畅叙离情"。可见田园的幽静，还是敌不过友情的温馨。古代的隐士，在空谷中闻足音则喜。因为"鸟语"究不及"人语"可以互通情愫。陶渊明先生尽管嚷着"息交绝游"，但他在“乐琴书”之外，仍然要“悦亲戚之情话”。他的理想国桃花源中人，一个个都要设酒杀鸡，款待洞外闯入的陌生人，也关心着洞外的人间岁月。我想那时代如果已有电话，陶先生一定会在北窗高卧、酒醒之时，拨个电话和山寺老僧聊上半天，或是给念一首新作好的长诗，彼此讨论一番。因为“得句锦囊藏不住，四山风雨送人看”的人，怎么离得开朋友呢?

我认为山水使人理智清明，友情使人心灵温厚。名山胜迹，总愿与好友同游；美景良辰，亦望与好友同享。张心斋把朋友分成五类，他说：“上元须酌豪友，端午须酌丽友，七夕须酌韵友，中秋须酌淡友，重九须酌逸友。”他固然妙语如珠，亦见得前人有此清闲。而我们如能于百忙之中挤出一点时间，约二三知友小酌，琅琅笑语，畅话平生，其乐并不亚于徜徉于青山绿水之间。辛弃疾不是说吗：“我见君来，顿觉吾庐溪山美哉。”溪山就是好友，好友胜似溪山，想起王安石与苏东坡在政见上是死对头，可是安石罢官退隐金陵以后，东坡去探望他，安石留他同住山间。东坡答诗云：“劝我更谋三亩宅，从君已觉十年迟。”依旧是无限文章知己之感。

人到中年以后，心情由绚烂趋于平淡，本来都会倾向山水田园，可是生为一个忙碌的现代人，既无时间寻幽探胜，更不可能遁迹深山，倒不如安之若命地在现实生活中，追寻一些那位文友所谓的“俗愿”，亦未始不可以充实一下心灵。否则居魏阙而思江湖，心情反而不能平静。杜甫虽然讴歌“在山泉水清，出山泉水浊”，他自己并不甘心做一个“天寒翠袖薄，日暮倚修竹”的佳人。因为他既有“致君尧舜上，再使风俗淳”的大愿，也有“但愿我与汝，终老不相离”的小愿。人若没有一愿，就没有了热诚，也失去了生活的情趣，恐怕连山水田园之乐，都不能体会了。

说起我们这些人的俗愿，也是非常容易满足的。比如说，逛逛书店，买到自己心爱的书；观摩书画展，领略一下名家笔下的意境；听听音乐会、演讲会，扩展一下胸怀；抽空去买点鲜花或小摆饰给小屋添点生机绿意；甚至研究一下化妆术使自己容光焕发一番；以至学习一下烹调术使全家大快朵颐，这些都不能说是奢侈的俗愿，倒可以说是极淡泊的雅愿，使自己活得健康，活得快乐。同时将快乐、健康与友人共享，如此则虽然身处现代都市之中，也不会感到都市的俗尘，令人生厌了。

最近在一位朋友家中小聚。他小小的客室壁间，挂着不同风格的书画。风雅的主人如数家珍似的为我们解说画法、笔意。他的书房里更有许多心爱的汉砚，青田石陶器等等。闲来把玩，意兴无穷。最有趣的是书桌边一树枯藤，悬着一个葫芦。书架上一座老树丫杈，嵌着一块圆卵石，他将山中的盎然古意，移置几案之间，真是位懂得如何美化生活的雅人。如此看来，我们暂时无田园可归时，无妨在方寸灵台之间，自辟一片田园，不但自己能徜徉其间，亦可以此境与朋友共享。那么，纵使“结庐在人境”，也可以“心远地自偏”了。

浮生半日闲

忙碌的现代人，无不叹闲暇不易得，于是也格外怀念当年农村社会的悠闲岁月。莫说是将就冲和气象的中国人，就是西方中年以上的人们，亦无不深深怀念着过去的好时光（good old days）。我学习英文时，读到一篇好文章，题目叫作*Puttering*，照字面解释是漫无目的地摸摸这样，碰碰那样，让时间闲闲地溜走，心也闲闲地一无挂碍。我想在英文中“carefree”这个字可以描写这种心境，这正是我国诗人“水流心不竞，云在意俱迟”的境界。在那篇文章里，作者以幽默中微带感伤的口吻，描述老一辈的人在Puttering中所得的情趣。男人们一个大半天蹲在隐蔽的车库里，为找一枚螺丝钉抖出盛得满满零件的铁罐子，不由得随手翻弄着一些永无用处但又舍不得丢弃的小东西。不计算时间过去了多少。女人们则为找一粒纽扣，把满满的针线盒子请到桌面上，花上几个钟头去翻弄其中的“宝藏”，因而逗起无穷的甜蜜回忆。至于是否能找到要找的螺丝钉或纽扣，实在无关紧要，快乐的就是那一番摸摸、玩玩。作者强调说，漫无目的地摸摸玩玩所产生的是一种“怡然自得感”，也是灵性上的一分“陶醉”，使你忘却一日生活的烦恼与紧张。他更以神往之笔，描绘雨打风吹的秋日午后，老屋的角楼是一所房子中最接近天堂的地方。坐在一口旧箱子上，什么都不用力去看，是艺术的最高意境。我觉得这位作者对闲适情操的体认，颇近乎我国诗人陶渊明。陶靖节的东篱采菊，正是一种“漫无目的”的闲散动作，南山“悠然”地出现在他面前，他又何曾用力去看。他这种心境，和李白对敬亭山“相看两不厌”的心境全然不同。李白是“群鸟高飞尽，孤云独去闲”的孤绝感，陶靖节则是“云无心以出岫，鸟倦飞而知还”的悠然自得感。所以他才能“晨兴理荒秽，戴月荷锄归”，顺应自然，享尽田园之乐。

我不能不慨然乎今日匆忙生活之不能自主。谁还有闲情逸致为一枚螺丝钉或一粒纽扣，打开古老的盒子寻寻觅觅呢？悠闲的时代永远过去了。再多少年后，超音速的陆地行车也许还嫌太慢。人活着似乎只为抢时间，可是把时间抢下来又如何会好好地过呢？我好怀念小时候在家乡的闲荡日子。漫步在田埂上，自然而然会让路给吃草的黄牛。走在高低不平的卵石大街上，一路都有人笑眯眯地喊我的乳名。那时，做梦也不会想到，世界上将会出现惊心动魄的斑马线、红绿灯，争先恐后、狂呼怒吼的摩托车，夹住鼻尖或脚后跟的汽车门、冷若冰霜的车掌小姐。那时的人情是多么温暖，天地是多么辽阔，时间是多么富裕啊！父亲策杖散步在亭亭的麦浪中，遇到荷锄的农夫，就可与他们聊上半天。他用竹签剔兰花叶上的黑斑，常常忘了吃午饭的时间。坐在书堆里，翻翻这本，摸摸那本，嘴里哼着比昆腔还特别的调子，就可耗上一整天。记得那时整个村庄，只有我家老屋大堂正中挂有一口自鸣钟，而钟摆常常是停止摆动的，即使有时发出嗒嗒之音，指针所指的时间和长工们的作息毫无关系。他们只看日头的高低，听公鸡的啼声，就知道是什么时辰。该下田了，该送接力（故乡的土话点心之意）了，该收工了。那时候，没有气温表、温度计，更没有电台电视的气象预报。可是母亲一清早起来，抬头看看天色，嘴里便念念有词："早上云黄，没水煎糖。晚上云黄，大水没池塘。"她十之八九都说对了。长工们看太阳月亮的光晕，看云脚的长短，就知道要刮风了，要下雨了。他们都是大自然教导出来的科学家、预言家。他们也是最懂得生活的诗人。在忙月里，他们胼手胝足，却是口哼小调，面带笑容。闲月里，他们嚼着自己种的花生和胡豆，下象棋、钓鱼，也是口哼小调，面带笑容。他们从来没有和时间赛过跑，可是从日出到日落，他们都在工作中，他们也都在游息中。

至于像前文所引述那样Puttering的情趣，我的母亲，就十足地在时时享受着。我外公有一只八宝箱，是他自己用洋油箱装订而成的。六十多岁的老人，一双毫不颤抖而且灵巧的手，敲敲打打，做成合适的盖子，钉上锁鼻子，漆上防锈的"金漆”，就成了他储藏各种心爱什物的小箱子。一家人里，只有我有权利翻箱倒箧。那些医书、相书、破毛笔、半截墨、泥土里挖出来的竹根、破碗片是我毫无兴趣的，我最喜欢的是那只福建漆的茶叶盒子，那里面有舅舅小时候挂的银锁链，帽檐上拆下来的彭祖公公。舅舅玩过的长了锈的铜钱，他写的人手足刀尺大字，他读过的《三字经》和有图画的《二十四孝》。舅舅在三十岁因疟疾不治去世了，因此外公决心下苦功看医书，看了二十多年医书，边学医边看病，真的就成了地方上的好医生。外公讲起舅舅来，就仿佛舅舅端张矮凳坐在他身边似的。外公总是边讲边笑，不像母亲讲起舅舅来就泪眼婆娑。外公的八宝箱里，我每回掏时都发现添了些新东西——他自己用竹节做的烟嘴、文旦皮晒干做成的碗、千佛手、我玩厌了的地陀螺、三炮台香烟罐里各色各样的香烟招牌纸、邮票。此外就是父亲送他的白玉烟嘴，绿玉扳指，杭州舒连记的檀香骨折扇。这些都是我百玩不厌的。我问外公为什么把新的旧的，有用的没用的都收在一起，他说：“留着给后代儿孙呀。你将来长大了，打开来看看，便样样都是新的、有用的了。”外公真是个有趣的老人。他的每句话都像含有很深的哲学似的。至于母亲的八宝箱，乃是一只竹编的针线盒，那更耐人翻弄了。盒子分上中下三格，上格是五彩丝线、纸花、绣了一年半的鞋面、剪刀、顶针等等；中格是《花名宝卷》、她手抄的《心经》《大悲咒》；最下一格藏着一个像红柿子似的朱砂圆盒，里面是我小时候挂的长命百岁金锁片，母亲的旧珠花、银耳环、银手镯等等。每回母亲做针线，我就取出这些首饰来戴上了，甩着大手帕演花旦，母亲一面笑眯眯地望着我。有时却眼睛定定地像在想什么心事。我当时觉得最有趣的是外公的八宝箱里存着舅舅小时候的银锁链，母亲的八宝箱里存着我小时候的金锁片。后来想想，人就是这样一代一代往下绵延，也就是这样一代一代，把对儿孙的爱埋藏在一个摸得到、看得见的地方。让长大了的儿孙们，有朝一日，打开来摸摸看看，重新领略一下长辈的爱，再一代一代往下传。可惜时至今日，为生事奔波的人们再也无暇去打开尘封的旧物，而且也无心把虽无用却不舍得丢弃的东西归在一只箱子或一只盒子里了。这，对他们自己和儿女们来说，都少了一份Puttering的乐趣，怎不令人惋惜。

可是人来到世间，难道就为了赶时间，赶完了时间就与世长辞吗？想想该有多傻！我们为什么不能学学闲荡，拉开乱七八糟的抽屉，东摸摸西摸摸，看看家人朋友的照片，理理孩子幼年时的玩具，以消磨整半天呢？如果你感到烦乱依旧，何不任意搭上一班公车，从起点坐到终点，再换另一号车，从终点坐到起点（选一个下雨天更好）。把空闲填进时间里，赶走一日的劳忧。如果你仍感到“行迈靡靡，中心如醉”的话，你就无妨在灯火阑珊中，走向一条寂寞的长桥，看上弦月，数星星，回忆旧事，微笑，叹息，赋诗。也许那样又太富浪漫气氛了。其实古人那份“独立市桥人不识，一星如月看多时”的心情，绝不是浪漫气氛，而是走向“忘忧”“忘我”之境。我们这些老路的现代人，是否舍得把时间花在闲荡上，或搞搞所谓的Puttering，以偷得浮生半日闲呢？

小品

散文精读·琦君 >>

问　竹

故乡旧宅书房后面，是一方小小院落。自然地生长着一片茂密的竹林，枝条细长柔软，无论有风无风，都会发出沙沙之声。坐拥书城中，不时似闻细雨敲窗，苏东坡有诗云“风吹古木晴天雨”①，我倒觉得是“风吹细竹晴天雨”呢。如遇真正的下雨天，那更是淅淅沥沥，琮琮琤琤，天然的乐曲，使人心情宁静，俗虑顿消。

父亲和我都是爱雨的人，因名书斋为“听雨轩”。我从后山捡来许多松树的内皮，拣取波磔雅致的，拼成“听雨轩”三字，悬于门上，倒也古意盎然。父亲看得高兴，就随口吟《示儿诗》绝句一首：

听风听雨一春迟，抛却南华学赋诗。

① 非苏东坡的诗句，乃白居易的诗句也。“海天东望夕茫茫，山势川形阔复长。灯火万家城四畔，星河一道水中央。风吹古木晴天雨，月照平沙夏夜霜。能就江楼销暑否？比君茅舍较清凉。”（《江楼夕望招客》）。

灯下为儿歌一曲，隔窗犹有竹相知。

父亲不是诗人，他的诗都是乘兴而作，自嘲为“打油”。我吟唔再三，内心于感激中带着一份凄恻。因为我深深体味到父亲晚年寂寞的心境，父女相依中，乃不由引竹为知音。那时父亲的肺病已日渐沉重，避日寇于穷乡，药物缺乏。千辛万苦托友人自上海带回的退热药丸，总是远水难救近火。因此，他每天下午四五点以后，潮热渐渐上升，精神顿觉萎靡。只有在每天清晨，才扶杖到书房念《金刚经》读《庄子》。我随侍在侧，看他脸颊一天天消瘦，语声一天天低微，内心的忧急和酸楚，难以名状。却又不得不忍泪装欢，陪他谈今论古。这是我们父女心灵最接近的时日，我焉能不爱惜每分每刻的宝贵光阴？

下午扶着父亲在套房榻床上休息后，我回到书房看砚台余墨犹浓，檀香炉里余烟缭绕，一室寂静中，只听到窗外细竹沙沙作声。我踽踽地漫步到竹林中，低低念着父亲的诗，真要问一声竹子，是否相知。

还记得有一天，忽见老长工阿荣伯双手捧着一炷香在竹林中恭立膜拜，口中喃喃祝告。我问他为什么，他说是为我父亲祈祷紫竹观世音菩萨，他愿意借自己二十年寿命给我父亲，求菩萨保佑他健康长寿。我听了万分感动，也愿借无论多长的寿命给父亲。阿荣伯说：“只要心诚，观音菩萨一定会听我们的祈祷的。”从那以后，阿荣伯和我，每天一人一炷香，在竹林中虔诚祈祷，无论风雨，从不间断。

父亲精神较好的日子，也爱扶着拐杖在花园散散步，指点我什么花叫什么名称，应当如何照顾培养。可是后来体力日衰，散步都没力气了，就躺在榻床上，命我去厨房为他熬药。他知我胆小，在晚上总尽量提高嗓子，为我吟古人诗句，让我一边听诗声，一边走那一条黑黑的长廊，不至害怕。可是，渐渐地，他的声音沙哑了，连说话的微弱声音都听不清了。

战乱中的生离死别，是人间最悲痛的事。父亲逝世后，我只身负笈上海，大学毕业后，回到故乡，老屋书房一角，已为日机炸毁，竹林也成一片废墟。对此满目疮痍，整理凌乱书籍残卷时，意外地发现用松皮拼成的“听雨轩”三字，跌落在墙角。父亲做的那首诗，顿时涌上心头。不禁又跑到后院，徘徊良久。又忽然发现地面上到处冒出绿绿的笋尖，原来竹子虽被摧毁，而生机不灭，深埋土中的根茎，又长出新笋来。我大喜过望，立刻请来工人帮忙将瓦砾残枝等运走，让竹笋得以畅快地成长，不久的将来，这里又可蔚成一片竹林了。

若是父亲健在，阿荣伯健在，对此一片新生竹林，将会多么高兴、多么安慰？父亲一定又将随兴濡墨，赋一首《示儿诗》以遣兴了。我冥想着，低声问竹，在那几年的漫烟烽火中，是否一直和父亲的英灵相伴，做他的知音……

没有等得及竹子成林，我又匆匆告别了故土。而至今，那一片遥远的竹林，是否无恙？是否茁壮？问竹声中，我心澎湃。

书与友

友情的获得就像作诗的灵感似的。古人有一首吟灵感的诗说："我去寻诗定是痴，诗来寻我却难辞。今朝又被诗寻着，满眼溪山独往时。"满眼溪山，便不由诗意盎然，而溪山之美，正有如好友可爱的面目。辛稼轩词不是吗？"我见君来，顿觉吾庐，溪山美哉。"于此足见友情的弥足珍贵了。

朋友不必滥交，徒费宝贵的光阴与精力。而有几个颇为意趣相投的朋友之外，却必须有一二可以共患难托死生的朋友。正如书籍要博览，却必须有几部精读的书，为自己安身立命的地步。胡适之先生说的："为学当如金字塔，要能博大要能高。"我们并不是都希望能成为某一门学问的专家，而精读一部书，于心情苦闷时，作为倾诉心事的对象，却是无论如何不可少的。如果没有书也没有朋友，一颗心就没个着落，无所依归了。

说到友情，都会想到后汉时代张劭、范式那一段感人的故事。张劭归省母，范式与他约定两年后的某日到他家里拜母。

到那一天，张劭请母亲杀鸡置酒以待，母亲说："两年之期，千里结言，巨卿（范式字）何能守约？"张劭说："巨卿信士，必不爽约。"不久，巨卿果然来了。后来张劭病故，发丧时，棺木沉重不能前进，其母抚棺哭问："你岂在等待巨卿吗？"语未已，远远地果见范巨卿素车白马，号哭而来。原来巨卿已先梦见元伯（张劭字）去和他诀别了。朋友的心灵相通一至于此，确实令人感动。

有一位诗人哀悼朋友，就是引用这段故事。他的朋友生前交游广阔，却没有一个真正的知己，因此死后异常的凄凉冷落。所以他作了这样一首诗："平昔交游滥酒杯，如今寂寞到泉台。不须棺木如山重，无复山阳白马来。"（范巨卿，山阳人）人生到如此境地，也真令人可叹。

由此可见，书本与友情正是同样的可贵，一个人若没有领会读书之乐，也没有一二知心的好友，那真是虚度一生了。

儿子的哲学

我儿子小时候虽然傻里傻气，却说了好多至理名言。比如说，他爸爸问他："头发是干什么用的？"他很快地回答说："头发是理发用的。"听起来好像倒果为因，仔细想想也有道理。试看今日满街长发少年郎，无论横看侧看，正面看背后看，都有点难辨巾帼须眉。他们大概就是忘了头发之所以会长长，就是供你修剪用的，而不是供你骑在摩托车上，"散发天风独往还"的。至于女士们，有的是因为忙碌，没有时间整理头发，有的是为了发型的千变万化，也有的是为了免进美容院，就购置了各式各样的假发，往头上一套，马上仪态万千，真发也就失去被修剪的作用了。

现在儿子长大了，他已知道头发不是为理发用的，所以也把一头"秀发"留得长长的，发挥它美化人生的作用。

他小时还发过另一句千真万确的谬论。他说："爸爸是看报用的，妈妈是做饭用的。"观察不为不深刻。试问哪个家庭中的父亲，回得家来，不是跷起二郎腿看报，从头条新闻看到分类广告？哪个母亲，不是在厨房洗洗刷刷，烧菜做饭，从早忙到晚？如今高唱女权运动，如果有一天，儿子说的现象倒了过来，“妈妈是看报用的，爸爸是做饭用的”，不知道每个家庭是否仍能井井有条，社会各阶层的工作职责又是如何分配。“女人背后的男人”是否也会有牢骚？十年水流东，十年水流西，这个世界本来多变，不整个变一下，又如何能比较什么现象才是最合理的呢？

有一次，父亲问儿子：“古话说：‘前三十年子敬父，后三十年父敬子’，你懂吗？”儿子回答说：“懂是懂，不过说‘敬’太严肃。不及西方人讲‘爱’，显得亲切多了。所以，我认为应当把‘敬’字改为‘爱’字，这两句话就变成‘前三十年子爱父，后三十年父爱子’，比较地适合潮流。”做父亲地叹了口气说：“这句话对你们做子女的很适合，你们在成家立业之前，确实是很‘爱’父母的。可是，在我们做父母的来说，对子女的爱，是从他们呱呱坠地而迄于永远的，还会有前后三十年之分吗？”

儿子听了默然点头表示赞成。无论如何，他现在还在前三十年之中，敬也好，爱也好，他总算都做到了。

泪珠与珍珠

我读高一时的英文课本，是奥尔珂德的《小妇人》，读到其中马区夫人对女儿们说的两句话："眼因流多泪水而愈益清明，心因饱经忧患而愈益温厚。"全班同学都读了又读，感到有无限启示。其实，我们对那时的少女情怀，并未能体会什么是忧患，只是喜爱文学句子本身的美。

又有一次，读谢冰心的散文，非常欣赏"雨后的青山，好像泪洗过的良心"。觉得她的比喻实在清新鲜活。记得语文老师还特别加以解说："雨后的青山是有颜色、有形象的，而良心是摸不着、看不见的。聪明的作者，却拿抽象的良心，来比拟具象的青山，真是妙极了。"经老师一点醒，我们就尽量在诗词中找具象与抽象对比的例子，觉得非常有趣，也觉得在作文的描写方面，多了一层领悟。

不知愁的少女，最喜欢的总是写泪与愁的诗。有一次看到白居易新乐府中的诗句："莫染红丝线，徒夸好颜色。我有双泪珠，知君穿不得。莫近红炉火，炎气徒相逼。我有两鬓霜，知君销不得。”大家都喜欢得颠来倒去地背。老师说：“白居易固然比喻得很巧妙，却不及杜甫有四句诗，既写实，却更深刻沉痛，境界尤高。那就是：‘莫自使眼枯，收汝泪纵横。眼枯即见骨，天地终无情。’”

老师又问我们：“眼泪是滚滚而下的，怎么会横流呢？”我抢先回答：“因为老人的脸上满布皱纹，所以泪水就沿着皱纹横流起来，是描写泪多的意思。”大家听了都笑，他也颔首微笑说：“你懂得就好。但多少人能体会老泪纵横的悲伤呢？”

人生必于忧患备尝之余，才能体会杜老“眼枯见骨”的哀痛。如今海峡两岸政策开放。在返乡探亲热潮中，能得骨肉团聚，相拥而哭，任老泪横流，一抒数十年阔别的郁结，已算万幸。恐怕更伤心的是家园荒芜，庐墓难寻，乡邻们一个个尘满面，鬓如霜，那才要叹“未老莫还乡，还乡须断肠”。这也就是探亲文学中，为何有那么多眼泪吧。

说起“眼枯”，一半也是老年人的生理现象，一向自诩“男儿有泪不轻弹”的外子，现在也得向眼科医生那儿借助于“人造泪”以滋润干燥的眼球。欲思老泪横流而不可得，真是可悲。

记得儿子幼年时，我常常要为他的冥顽不灵气得掉眼泪。儿子还奇怪地问：“妈妈，你为什么哭呀？”他爸爸说：“妈妈不是哭，是一粒沙子掉进她眼睛里，一定要用泪水把沙子冲出来。”孩子傻愣愣地摸摸我满是泪痕的脸。他哪里知道，他就是那一粒沙子呢？

想想自己幼年时的淘气捣蛋，又何尝不是母亲眼中催泪的沙子呢？

沙子进入眼睛，非要泪水才能把它冲洗出来，难怪奥尔珂德说“眼因流多泪水而愈益清明”了。

记得有两句诗说：“玫瑰花瓣上颤抖的露珠，是天使的眼泪吗？”想象得真是。然而我还是最爱阿拉伯诗人所编的故事：“天使的眼泪，落入正在张壳赏月的牡蛎体内，变成一粒珍珠。”其实是牡蛎为了努力排除体内的沙子，分泌液体，将沙子包围起来，反而形成一粒圆润的珍珠。可见，生命在奋斗历程中，是多么艰苦！这一粒珍珠，又未始不是牡蛎的泪珠呢！

最近听一位画家介绍岭南画派的一张名画，是一尊流泪的观音，坐在深山岩石上。他解说因慈悲的观音，愿为世人负担所有的痛苦与罪孽，所以她一直流着眼泪。

泪不为一己的悲痛而为芸芸众生而流，佛的慈悲真不能不令人流下感激的泪。

基督教在虔诚祈祷时，想到耶稣为背负人间罪恶，钉死在十字架上，滴血而死的情景，信徒们常常感激得涕泪交流。那时，他们满怀感恩的心，是最最纯洁真挚的。这也就是奥尔珂德说的“眼因流多泪水而愈益清明”的境界吧！

浮生小记

笔　筒

好几位朋友不约而同地送我笔筒，每一支都各有特色。我把它们在书桌上一字排开，慢慢儿欣赏。

可惜的是我已砚田久废，不写毛笔字了。这么雅致的笔筒，插的都是一大把圆珠笔和铅笔，自己看了都惭愧，深感辜负了好友赠予的美意。

偏偏老伴又说："看你吧！笔筒比笔多，笔比文章多，文章比读者多。"

听他这话，我真该停笔了吧！

函　购

每天总会在信箱里抓出大把的垃圾邮件，全是商品推销广告。偶然得闲打开看看，那些服装的色调款式，穿在仪态万方的模特儿身上，看去确实让你动心而引起购买欲。尤其以我这个不会开车的人，能够足不出户而以函购方式，买到一袋价廉物美的服装，又何乐而不为。何况广告上说的，可以免费试穿二周，不合意原件退回，不收分文，一点也不会吃亏。

于是我就选择了自己喜爱的式样、颜色，填上尺寸号码寄去，盼望他寄来，一穿就合身。左等右等，却寄来一纸通知，要我先寄支票去。我想好在钱也不多，就把支票寄去了。一周后寄来了货品，兴冲冲打开一看，竟不是我指定的颜色，勉强试穿又不合身。老伴说："洋人的尺寸对你根本不适合，你应该买童装呀！"我一气之下，原件退回，要他立刻退还支票。谁知他并不退还支票，却又寄来一套较小的尺码，不同的式样，附了一封很客气的信说："同样的款式没有了，希望这一套你会喜欢。"我已没有兴趣，也没有体力再跑邮局，再花挂号费寄回了。只好把它留下，压在箱底，等圣诞节捐给救世军吧。

老伴说："早告诉你，便宜无好货，你不相信。"我说："我不是贪便宜，我是想省点时间精力，哪知反而上当。"他说："商人为了撤清陈货，引诱你购买，当然是好话说尽，等钱到了手，哪有退还之理？好了，上一次当学一次乖，何况上当有个货在。"

我真是学了一次乖，永不再相信商人的推销术了。俗语说：“只有你买错，哪有他卖错。”这才是“便宜就是吃亏”呢！

惊魂当此际

有一天，我们有事去纽约，车已将到目的地了。我忽然想起炉子上烧着开水，用的又是大火，这么长时间，必定是水烧干了，壶烧熔了，掉在地上，酿成大灾。这怎么办？我愈想愈惊慌，他一言不发，沉着脸，踩足油门，以最快速度飞车赶回。一路上我真是失魂落魄，度秒如年，恨死了自己的健忘症。

好容易到达社区，远看四周静悄悄的，车道上并没有救火车停留，大概还没出事吧！我下车飞奔入屋，跨进厨房，却并没有预料的一股热气扑来。再一看炉子上，静静地坐着那把叫壶，壶嘴盖子都未关上，竟是满满的一壶冷水。原来我把它放上炉子，却忘了扭开火。

真是谢天谢地，向来健忘总是误事，这一次却因健忘得保平安。

夜游夫妻

在一位老乡朋友家小聚，她厨房地板上出现一条浑身软绵绵的小虫，老乡说他们家乡称这种虫为“夜游”，都在夜晚出来觅食，而且必定是成双成对的，出现一条，必定会有另一条紧紧跟随。她吩咐孩子们不要加以践踏，让它静静地等待它的伴侣。可是她儿子不知道这种情形，就抓了一把盐撒在它身上，不久它就化为一摊黄水了。原来盐是“夜游”的克星，看起来实在是非常悲惨的。更悲惨的是，过不多久，果然出现另一条“夜游”，蜷伏在那摊黄水旁边，头紧紧碰着那只剩下一点点的颤抖着的虫子顶端，似在泣诉着生离死别的哀痛，原来它们真是一对同生共死的“夜游夫妻”啊！

父母之爱

晚间，在电视上看见一对非常美丽的鸳鸯鱼，边上围绕着一群小鱼，嬉戏游乐，看去必然是其乐融融的一个家族。忽然一条凶猛的大鱼来袭击了，那条较大的公鱼就奋不顾身地去迎敌，令人惊奇的是母鱼竟张开嘴巴把小鱼统统吸入口中，又张开两鳃给它的子女通空气。待公鱼将敌人击退以后，它马上又把小鱼一条条吐出来。懵懵懂懂的小鱼，一点也不知道它们的父母为它们挡过一场大灾难呢。

这一幕情景，看得我目瞪口呆。谁能说低等动物的虫鱼没有灵性呢？它们并不冷血，它们有夫妻之情，有亲子之爱。为了保护子女，它们的勇敢与机智并不亚于人类呢！

揠苗助长

朋友送给我们一盆非洲堇，塑胶盆底没有漏水孔。这样的钵子养花一定不能长久，因为泥土太湿，根会烂掉。这根本是花店骗钱的玩意儿，供你摆上一周半月，也就值回票价了。但因叶子姿态好，我就格外地小心伺候，把它摆在有充分阳光却不是直射的地方。每次用手指插入泥土中，感觉很干了才敢加少许的水，却绝对不能在叶子上洒水，叶子一碰到水马上会烂掉。

因为我招呼得法，这株非洲堇居然欣欣向荣，叶子愈长愈壮，四面八方张得大大的、圆圆的，煞是可爱。不久团团的叶子正中央，长出一根紫色的苗，渐渐地一枝又一枝分岔开来，上面全是花苞。我真是喜出望外，就在水中加几滴营养液，小心翼翼地从盆子四周平均浇下去。一两天以后，花苞一齐开放，是紫色的花，黄色的花蕊，散发出一缕清香，叶子上有着细细的绒毛，亮晶晶的就跟缎子一般。花一簇又一簇愈开愈茂盛，花叶交辉，实在是美丽极了。这是我所养的室内植物中，唯一开出花来的盆栽，所以格外使我高兴。另一株昙花养了将近四年，枝叶繁茂无比，却就是不开花，就称它是哑巴花。如今有了会说话的非洲堇与它做伴，哑巴花该不致寂寞了。

我总是担心草本的花木生命不会长，尤其是养在塑胶盆中，很想给它换下盆子，又怕它正在开花之时，移动一下会影响它的“心情”。所以仍只是每周一次浇水，使它的泥土干湿适度，它就一直欣欣向荣地开花。开了两个多月的花不谢，而且叶子愈长愈大，离泥土也愈来愈高。那一副茁壮的神情，看了真使人欣喜万分。

很久以后，有几朵花儿逐渐开始萎谢了。我想使其他的花朵能多多保持营养，就用剪子小心地把残花剪去，免得它费力挣扎。没想到一剪下去，花梗上立刻溢出一滴清露。我心里好不忍，但已无法补救。第二天一看，被剪去残花四周的花朵，竟全部萎谢了。才知道它们原是同气连枝，即使是其中的一朵提前萎谢，它的元气，它的营养，仍然会传递给其他的姊妹花朵的。我这个急性子却是剪断花枝，摧残了它的生机。我是多么的后悔啊！

以后，我再也不敢冒失地去碰它，只小心呵护，让花儿自然萎谢。不久忽发现其中有一朵的花心，结出一颗绿色的珠子来，我又喜出望外。这颗圆润的珠子，是否就是传递下一代的种子呢？我想一定是的，我且静静地等待吧！

小鸟离巢

邻居房子的侧面木板墙，正对着我家餐室的窗户。木板墙上有个小小的洞，每年春天，总有好多只麻雀飞来，从那洞里进进出出、叽叽喳喳的，似商量又似争吵，显然它们是在木板墙的夹缝中做窝。想来那里面的天地一定相当开阔，筑巢其中，倒是风雨不动安如山呢。

屋主人经过墙外的走道，从不抬头望一眼，对于鸟儿们的聒噪，也充耳不闻。坐在餐室里的我，却是常常望得出神，对邻居的“有凤来仪”，甚是羡慕。也盼望有鸟儿能来我窗外的香柏树上做窝孵小鸟，让我沾点喜气。

盼望竟然没有落空。有一天，一对肚子呈金黄色的漂亮鸟儿，飞来停在我窗外的栏杆上，软语商量了好半天，看中了那株香柏树，就在上面筑起巢来。我真是大喜过望。香柏树离窗子只一米多远，它的枝丫是一层一层有规则地向上生长的。这对鸟夫妻，聪明地选择了最最隐秘、不高不低的第二层。左边是栏杆，可供它们飞来时歇脚；右边另有一株较高大的树，茂密的浓荫覆盖，道路上来往的车辆行人，不会打扰到它们。真正可以说是“良禽择木而栖”。

我只要有空，就坐在窗前看它们工作。母鸟时常停在栏杆上休息，大部分是公鸟任重道远地，不知从哪儿衔来像藤蔓似的长草。在两个枝丫之间，先搭起栋梁，然后衔来深褐色的细枝，纵横编织，很快就把一个窝筑好了。因为离树很近，我可以平视丫杈，直窥堂奥。看那窝的细密精致，真是巧夺天工。我第一次亲眼看鸟儿衔枝筑巢，以至吉屋落成，内心的那一份喜悦，无可名状。同时也体会到童年时代，双亲晓谕我们，不可破坏鸟巢的深意。

这对鸟夫妻，飞来时总在栏杆上停留下来，观察四周，侧耳倾听一番，然后飞到窝里休息片刻，又从另一面的树荫下飞出去，进出的方向有定，一丝不乱。它们对于自己辛苦经营的房屋，似颇踌躇满志。对我这个守着窗儿、与它们相看两不厌的人，也颇表欢迎。

我偶尔开门走出去，靠近栏杆，它们也并不飞走，但对我撒在栏杆上款待它们的南瓜子仁，却毫无兴趣。可见它们并不是因为食物才亲近我，而是因为对我由衷的信任。

有一天，看见母鸟从窝里出来，停在栏杆上东张西望，我一看巢里已经有三枚小小的蛋，碧绿如翡翠。原来公鸟急急筑窝，是因为妻子即将生产。一会儿它飞回来，衔了一条虫喂给爱妻，给她产后进补，其体贴负责，令人感动。

从此以后，母鸟大部分时间都在窝里孵蛋。公鸟偶尔飞回来，站在窝边，母鸟立刻就飞走，大概是出去舒展一下筋骨吧！它们的分工明确，配合密切。

约莫半个月（可惜我没有记录时间），三只小鸟孵出来了。

我看见三个大头摇摇晃晃地，伸着细长的脖子，闭着眼睛，黄黄的嘴巴张得像三个漏斗一般，等待父母喂它们，真正是嗷嗷待哺的黄口小儿。它们吃饱了就挤在一起睡觉，一听父母的羽翼在空中振动的声音，自远而近，三张嘴巴就马上张得大大的，等待美味落入口中。轻风吹来，它们头上纤细的绒毛微微飘动，煞是可爱。令人惊叹的是，父母亲喂三个儿女，都非常公平。食物的分量，也是逐渐增加的。起初是细细小小的一条条小虫，渐渐地衔来较大的，不知是什么山珍海味，反正小雏吃得愈来愈健壮了。

如天气变化，母鸟就立刻飞回蹲在窝中，张开翅膀覆盖小鸟。有一次，大雨倾盆，香柏树东摇西摆，我好担心窝会被吹落，禁不住连声念佛，保佑它们平安无事。不一会儿，雨过天晴，母鸟飞到栏杆上，拍拍翅膀，抖落了全身雨水，一边侧头向我看，仿佛告诉我："你放心好了。任何狂风暴雨，我都能适应，因为我们是在风雨阴晴、瞬息万变的气候中长大的。"此时，窝中小雏，又在伸长脖子，向母亲讨吃的了。

这一段辛苦的哺喂抚育过程，我在窗前看得清清楚楚，和电视荧幕的特写镜头一般无二。

小雏渐渐长大了，头上白白纤细的胎毛逐渐脱去，浑身羽毛丰满起来。母鸟不在时，它们争着站起来，张开小小的翅膀，拍拍身子，或是你踩我、我踩你，彼此顽皮地对啄着。看来，巢已经显得太小了，母亲回来时，就站在边上爱怜地看着儿女们，不时啄啄它们的头，梳理一下它们的羽毛。此时，公鸟的喂食，愈来愈勤，因为孩子们的食量增加了。有趣的是公鸟一来与母鸟打个照面，母鸟就马上飞走，它们的合作劳逸均匀，看来自有默契。

一只比较强壮的小鸟，忽然跳出窝来，站在窝边的树枝上，摇摇晃晃。另外两个较胆小的小鸟撑起脖子愣愣地望着它。这时，母亲回来了，向它头上一啄，它马上跳回窝里。不听话，挨骂了。

可是儿女们长大了，终究是留不住的，尽管父母亲轮流地继续喂它们、守着它们，它们却时时刻刻地振翅欲飞。这一天，我真是茶饭不思，一刻也不愿离开窗口，心情十分沉重。因为才半天时间，三只小鸟都先后跳出窝，停在旁边大树的枝叶浓密之处了。我费了好长时间才发现它们。它们定定地站着，似在观察周围的环境，对自己出生长大的窝却似一无留恋。母鸟停在栏杆上，喉中发出“咕咕咕”的声音，应该是对离巢儿女的反复叮咛吧！它一定是说：“今后海阔天空，父母手足都不再相逢，不再相认，一切都要自己小心啊！”我自恨没有公冶长的本领，能通鸟语。但骨肉分离的悲苦，凡是动物，何能有异呢？

才转瞬间，三只小鸟都倏然而逝，飞得无影无踪了。我亦怅然若有所失。抬头看它们的父母，正双双停在对面屋脊上。是在目送远走高飞、不复反顾的儿女呢？还是在俯望空空的旧巢，夫妻相互慰藉呢？

从此它们再没有回来，窗外一月多来欣欣向荣的热闹，顿归寂静。而我呢？眼看它们辛苦筑巢孵蛋，辛苦抚育儿女长大，终至离巢而去，心中的怅惘，有如亲身经历了一场人世的离合悲欢。

一阵风雨过后，空巢终被吹落在泥土里。外子怜惜地把它捡进来，收在一个纸匣里，叹息地说：“留作纪念吧！”

图书在版编目（CIP）数据

散文精读. 琦君 / 琦君著. —杭州 : 浙江人民出版社，2019.5

（且读）

ISBN 978-7-213-09273-2

Ⅰ. ①散… Ⅱ. ①琦… Ⅲ. ①散文集-中国-当代 Ⅳ. ①I266

中国版本图书馆CIP数据核字(2019)第082993号

浙江省版权局
著作权合同登记章
图字：11-2019-58号

散文精读·琦君

琦 君 著

出版发行：浙江人民出版社（杭州市体育场路347号 邮编 310006）

市场部电话：(0571)85061682 85176516

责任编辑：余慧琴

营销编辑：陈雯怡

责任校对：陈 春

责任印务：陈 峰

封面设计：观止堂_未氓

电脑制版：杭州天一图文制作有限公司

印 刷：浙江印刷集团有限公司

开 本：880毫米×1230毫米 1/32 印 张：6.625

字 数：121千字 插 页：2

版 次：2019年5月第1版 印 次：2019年5月第1次印刷

书 号：ISBN 978-7-213-09273-2

定 价：36.00元